U0023948

不一樣的美國生活

李逸萍／著

波特蘭的慢活日子

慢活的故事

慢活的故事，慢活的魅力，看似平凡卻深沈不凡，可以成為我們生命參照的座標。

文／林生祥（金曲獎客家歌手、美濃山下歌手）

不要走太快，等等自己的靈魂

生長在這「十倍速時代」，人與人之間的距離被拉近了，心卻被疏開得異常遙遠。這是現代人的宿命？還是我們從來不知自己要什麼，隨波逐流的結果？

很少人擁有這樣的自覺，於是眼底看到的，一切都變得「輕薄短小」，鎮日在工作和酬酢中穿梭旋轉，陀螺一般永無止境，終究迷失了自己。

然而本書作者李逸萍與人不同。她不僅有慧眼可以洞悉生活的本質，逆著潮流身體力行，還可以從慢活的日子裡體現新鮮事物的紋理。就如同這本《不一樣的美國生活——波特蘭的慢活日子》所描述的，透過逸萍的靈慧之眼，種種平凡事物和旅行生活的點點滴滴，都在緩緩呼吸和慢慢地咀嚼中，提煉出一種動人的原味。

逸萍在美國奧勒岡州波特蘭市定居長達二十年了，那是一個理想中「慢活的城市」，經由作者二十年來的居住經驗，為讀者介紹一種不一樣的美國生活。她解釋慢生活的理念、分析慢生活的特色、描述慢生活的方式，同時列舉了種種慢生活的益處。若從另一個角度閱讀，這本書除了記錄作者長年居住波特蘭市的慢活經驗，同時也報導了波特蘭當地的政治型態和生活文化，還有當地人的特性。這不僅是一本闡揚慢生活的文學報導，同時也是一本絕對深度的波特蘭旅遊文學書。

世界越快，心則要越慢。就如同古印地安人留下的智慧警語：「不要走太快，等等自己的靈魂！」我期待讀者們也要以緩慢的節奏，靜靜坐下來，細品嘗這本書。你會發現外面的噪音遠離了，世界漸漸開闊；心，慢慢變得溫潤而飽滿。祝福這本書，祝福逸萍，也祝福你們，親愛的讀者。

文／**李志薔**（電影導演、作家）

人生，要用慢去珍惜

移居京都前，在台北從事媒體相關工作的我，凡事講求快速有效率；對於等待，相當沒天分。那時的我，還不懂得，「人生，要用慢去珍惜。」一直到定居京都，這些年來才漸漸學會，慢下來，好好過生活。現在，我正用欣賞的眼光，看著一位蕙質蘭心的台灣女子，在美國西北太平洋岸一座適合散步的玫瑰城市，恬靜自在的過著慢活日子，她是旅居波特蘭已達二十年的逸萍(Nina)。

文如其人。在逸萍的筆下，波特蘭優美如詩，那份屬於慢活城市才有的節奏與氛圍，躍然紙上。迎接春神的五月天，以感恩的心從事耕種；總是施工中的夏天，在充滿速度感的肥皂箱車競賽中，逸萍告訴我們，等待，需要持續練習；在溼冷灰暗的漫長冬日，更是他們一家三口實踐慢活哲學的絕佳時機。在逸萍的花園、廚房以及一件件為女兒親手製作的圍裙與洋裝中，我看到了她的耐心與溫柔；而這個母女像偵探般聯手對付偷吃花種籽的松鼠故事，則讓我領悟了與自然萬物共生的互重之道。

慢活的步調會培養出耐心、愛心、童心以及無比的觀察力、想像力與創造力。有什麼比住著愛爾蘭精靈的迷你坑洞公園還要童話的角落？我讓作者帶著我，登高去看火山口湖的大藍、去營區聽探險隊的故事。只有慢下來，美好的人事物才能進駐心田。我開始期盼，不久的將來，帶著這本書，展開一段波特蘭慢活之旅。

文／林奕岑（《極上京都》作者）

有一種對生活深度的感受

對於一個現在在香港工作生活、並且做的是媒體工作的我來說，或許有人會覺得讓我來寫一本慢生活書的推薦序是不是很諷刺，其實不然，越是在一個快節奏的城市裡生活，越是在一個追求快速反應的媒體裡工作，越能體會慢生活的可貴和美好！

我和作者逸萍有著一種連結很深的緣份，我們都是澎湖人，她也曾經是媒體的一份子，我們都是台灣女子，卻都在遠離家鄉的城市努力工作生活著，我們都用自已的選擇和步調在追尋自已的夢想和生活；她在一個有著慢活特色的城市裡用心感受慢生活帶來的快樂，我則在一個快步調的城市裡用力尋找適合我的節奏的慢生活。

其實慢生活絕不只如字面意義「慢」那麼簡單，最主要還需要有一種對生活深度的感受，她無關乎我們生活在那個城市、做著怎樣的工作，她代表的是一種生活態度、一種價值觀、一種生活的選擇和取捨。

就像坐在一部高速運行的車子裡，所有從窗邊掠過的景色和人物，都會因為速度過快而變得模糊，使我們看不清真正的影像！

而生活也是這樣，如果不適度從只講求效率的快節奏中慢下來去看和感受，那麼生活就會變得千篇一律、模糊茫然。

而這也正是我喜歡和推薦這本書的原因，因為在這本書裡我看到作者由慢而生的敏銳觸角，寫的是波特蘭的城市風格、日常生活，但卻讓人在每個簡單的日子裡，看到了生活裡的觀察和感動，以及她生活的智慧。

在〈肥皂箱車競賽〉的文章中，她讓我們看到了等待的神奇，時間用女兒不再穿得下的小涼鞋、年輕力壯的丈夫冒出的白髮在提醒我們，如果你不慢下腳步去感受等待過程的美好變化，你就看不到這些平凡中的感動。

在〈角落裡的松香〉文章裡，她讓我們看到奧勒岡州居民對樹、對環保、對生命的尊重，思考生存與信仰的矛盾與平衡，感受簡單生活片段的幸福快樂。

而在〈作家和一個坑洞〉這篇文章裡，我們看到了作家與這個世界最小的坑洞公園的友情故事，這個直徑只有60公分、如鞋盒般大小的公園，是聚集了許多波特蘭人的慢活精神和愛的力量才創造了世界紀錄，也才得以保存下來，用想像力繼續著一代又一代的愛爾蘭精靈的童話。

這就是這本書帶給我平凡生活裡的觸動，而你每天的生活又是如何呢？勞勃．狄尼洛在電影〈賭國風雲〉裡有段經典的台詞：做事的方法只有三種，對的方式，錯的方式和我的方式；其實生活又何嘗不是如此！

在這只有一回的短暫人生，作者用她在波特蘭生活20年的觀察和感受，提醒我們開始尋找出適合自已節奏的慢生活方式！

文／謝士佩

（鳳凰衛視旗下鳳凰URadio副台長、20年資深媒體人、近10年在兩岸三地許多不同城市工作生活，喜歡旅行、熱愛生活、享受美食）

自序　波特蘭的慢活日子

第一年在波特蘭的生活，是學生的生活。每天上學，學習語言。放學後，學習過日子，觀察東西社會文化的差異，吸收當地生活文化的精粹，同時歸納整理，尋找理想中的生活型態，認真的在實際的生活裡，履行理想中的生活風格。

認真的日子裡，除了學習語言，學習文化，也學習瑜珈。

一次，在瑜珈課程中，結束靜坐冥想後，依照慣例，瑜珈老師分享了生活中的體驗感想。她提到院子裡的一朵花，吸引來了一隻蜂鳥。這隻蜂鳥喚來了幾隻蝴蝶和蜂蜜。蝴蝶和蜂蜜在院子傳授花粉。接著，院子裡一朵花旁邊的草莓，結了果實。草莓成熟後，可以拌著生菜沙拉一塊兒吃。吃了草莓生菜沙拉，清淡的口感為她帶來一種簡單的快樂和喜悅。最後，瑜珈老師說：「快樂的日子來自於一朵花。」

剛開始上瑜珈課時，覺得這位瑜珈老師好特別。聆聽瑜珈老師的生活經驗，讓我在無形中吸收學習了慢生活的理念，成了我練習瑜珈的額外收穫。接著我發現學校的老師，同學，生活中的朋友和社區裡的鄰居，就和瑜珈老師一樣，在波特蘭過著步調緩慢的日子，凡事自己動手做。懷著一顆好容易感動的心，感動之後開始感謝，感謝天地萬物。

生活在波特蘭的第一年，我學習到如何感謝一朵花。如何感激一顆草莓。如何在生活中與人事物建立溝通管道，如何在生活中沉思冥想。如何放慢腳步，用心過日子。

後來了解，原來這種好特別的日子，正是奧勒岡波特蘭市的生活風格，一種符合慢活理念的生活方式。

決定在美國定居後，為了尋找一個定居的地方，我和瑞克盯著美國地圖，討論了好幾個月。許多美國城市各自具有吸引我們前往定居的特色。但是，最後我們還是選擇繼續住在波特蘭。因為慢生活的日子，正是我們想要過的日子。

雖然慢生活是一種理念，帶著這個理念，不管住在哪兒，都可以實行慢活的日子。但是，大部分的美國城市，市政設施與規劃完全與慢活理念相背而馳。許多美國市民的思想與作風，也完全渺視慢活文化的堅持。我們不願意像異類似的，我行我素，生活在孤掌難鳴的環境裡。因為無法享受甜美的社會人際關係，也將失去慢活理念的特色。

什麼是慢生活呢？

慢生活是一種生活理念。

慢生活運動始源於一九八六年，在義大利羅馬所發生的慢食運動。當時，為了抗議美國麥當勞速食店在羅馬市的西班牙廣場上開店營業，抗議團體推出了慢食運動對抗速食文化，拒絕速食產品機械性的便利，反對速食產品製式化的口味。

慢食運動在國際間贏得了美食族群的支持。速食產品取代傳統飲食的趨勢，將導致獨具地方特色的烹飪藝術逐漸沒落消失，更成為美食老饕和文化族群關心的焦點。

來自全球各方的關切與響應，如火如荼的討論速食文化所帶來的各種不健康的生活症候群。終於，由講求健康飲食的慢食運動，延伸拓展成追求健康人生的慢活理念。

慢生活有什麼益處呢？

慢生活是一種堅持過健康生活的想法和作法。慢活日子的好處不僅可以促進身體和心理的健康，同時可以改善日漸污染的生活環境。

健康生活的定義是，在健康的環境裡，過著身心健康的日子。因此，如何建立健康的環境，如何促進身體的健康，如何培養健康的心理，正是如何過慢活日子的方式。

慢活日子該怎麼過呢？

沒有健康的環境，就沒有健康的生活。選擇居住在一個以環保施政為重點的地方，對慢活的日子有著密切的關連。波特蘭是一個講究環保政策，重視環保設施的美國城市。這裡有完善的公共綠地規劃政策和公共交通運輸設施。完善的垃圾分類收回，包括了罕見的剩菜食品回收做堆肥（Food Scrap Compost）的措施。另外，奧勒岡州是美國第一個全州實施都市增長邊界（Urban Growth Boundary）的法律政策，以確保農地面積與品質。防止農地變建地，防止到處蓋房子，沒地種糧食的惡性居住環境。值得提醒的，這些施政條款並不是從天而降，而是波特蘭當地居民，參與選舉投票，贏來的戰利品。

過著身體健康的日子，就是過著慢活日子。波特蘭人熱愛戶外健身活動，騎單車，爬山攀岩，泛舟，滑雪，露營，健行，慢跑等等。市府與坊間團體所舉辦的戶外活動，不勝枚舉，為慢活居民提供豐富的機會與場合，以結識志同道合的朋友。另外，吃得健康，在波特蘭當地可是一件頭條大事。這裡的農夫市場熱鬧得不得了，有機食品種類多，數量足，選擇性高，同時價格好（感謝有機廠商之間的競爭）。為慢活居民提供豐富的健康飲食管道。

現代生活，最常見的文明症狀是肥胖和憂鬱。

慢活日子，重視親近大自然，推廣戶外運動，講求凡事自己動手做，在勞動中運動身體。同時吃得健康，這些都是預防肥胖文明症的最好方式。

健康的生活包括健康的心理。許多研究報告發現，現代生活的科技化和便利性，並不能為現代人帶來快樂的感覺。相反的，好多現代人都有憂鬱文明症。科技化生活，步調匆促，凡事舉手可得，讓現代人失去了等待的耐心，不懂得擁有的感激心。現代生活為現代人帶來了沒有時間慢慢走的人生旅途，沒有機會用心過的日子。沒有用心過的日子，是憂鬱的日子。慢活理念，鼓勵現代人放慢腳步過日子，為的是可以用心與生活環境建立情感，為的是可以發現每一天的快樂。

十九世紀法國文學家戈帝耶（Theophile Gautier）曾說，現代生活的最大不幸是，人們總是要即時的驚喜，同時在生活中缺乏真實的體驗。

我一直把這句話當成知心話，不讓自己的心被現代科技的便利所搖控，被機械式的速成快感所蒙蔽。

我一直把戈帝耶的這句話當知心話，讓自己的心感受春耕冬眠，開花結果的自然運作。

我一直與戈帝耶的這句話為友，在波特蘭用心過著慢活的日子。

目次

慢活中的新鮮事

慢活的季節

當地人的慢活日子

慢活旅行

慢活裡的原味

住在一棵大樹裡

剛開始，我們以為是前面院子裡的日本紫藤長得太高，搆著了二樓臥室的窗櫺。春風吹，春雨下，晚上睡覺時，可以聽見紫藤敲打窗櫺，喀卡喀卡作響的木板聲。

但是，我們錯了。

我們將紫藤修剪得整整齊齊，綁好，捆好，再掛好。可是，晚上睡覺時，還是聽見喀卡喀卡的響聲。

那是我們搬進新家的第一個春天。

選擇定居奧勒岡州波特蘭市，為的是可以過慢活的日子。

美國人說，追求名利的人，往紐約跑。要圓星夢的人，往洛杉磯去。但是，想過慢活日子的人，就得住在奧勒岡州波特蘭市。

波特蘭市是奧勒岡州最大的城市。市府施政方針以環保為前提，市民生活風格以慢活為特色。二十年前，我和瑞克選擇在波特蘭成家立業，為的是在充滿科技化的快速忙碌的世界裡，實踐慢慢走，用心過的慢活日子。

十年前的一個秋天，我們告別了所居住的小公寓，抱著一歲半大的女兒，住進了一個屬於我們自己的家。

住進新家的第一個春天，我在院子裡忙著整理寒冬摧殘過後的花園。認真練習慢活日子的要素；自己動手做。同時在身體力行的勞動中，與周圍環境建立情感，體會慢生活的樂趣。

住進新的家，就像是結識新的朋友。需要時間觀察對方的習性，需要時間體會對方的缺陷。

在新家過了一個冬天後，我們開始發現，夜裡從前院傳來的噪音。喀卡喀卡的木板聲，繼續製造噪音，害得一家三口睡不好覺。

有一天，一位修理電話線的工人，從前面院子行人道旁的電線桿爬了下來。

我好奇的問他在修理什麼？

「松鼠把電話線給咬斷了。」他說。

「但是我家的電話沒壞呀？」我說。

「對面的。」他用手指著。

接著，他說，「再繼續咬下去，下星期你家的電話線就斷了。」

當時，我並不知道可愛的松鼠，竟然可以在一年內咬斷波特蘭市區數百戶的電話線。

「除了電話線，松鼠還咬什麼呢？」我好奇的問他。

「電線，電話線，網路線，你家的紫藤。」他順手指向院子裡的紫藤。

「紫藤，松鼠為什麼咬我家的日本紫藤？」我真不懂。

「松鼠並不知道那是紫藤，它也不知道那是電話線，反正是可以咬的，它就咬。」

修理電話線的工人繼續說，經過了一整個無聊的冬天，現在春天來了，天氣暖和些，這些松鼠終於可以到戶外咬來咬去的，發洩過盛的精力。

經過他這麼一說，我茅塞頓開。解開了前院噪音的謎底。

我們在電話簿上查尋到一家標榜以人道博愛精神，遷移野生動物的公司。

隔天下午，一個彪形大漢，開著一輛畫有負鼠，浣熊，鼬鼠和松鼠的可愛卡通圖樣的白色小貨車，停在我家門前。

彪形大漢，有著一張大大的國字臉，一雙黑白分明的大眼珠，和一頭黑黑的短髮。他好像剛度假回來似的，手腳曬得又黑又亮，只有他的臉才顯現著原來雪白般的膚色。

彪形大漢看來好眼熟，就是想不起來在哪兒見過。

他一開口，讓我嚇了一跳！

這麼柔和的語音，好溫文儒雅，一點兒也不符合他的體形。手腳伶俐的彪形大漢，從小貨車扛出一個伸縮高梯，兩分鐘不到，就爬上前院門廊的屋頂旁，拿著手電筒，尋寶似的檢閱著。

爬下高梯，彪形大漢用手電筒指示著陽臺屋頂，手電筒的光線穿越一層層的紫藤綠葉，最後著落在屋頂木板上的一個小洞。

「松鼠就是從這個洞鑽進門廊屋頂內，二樓臥室聽見的喀卡鬧聲，就是從這裡傳出來的。」彪形大漢很滿意自己的發現。

接著，他向我描述解決問題的方法。

首先，捕獲住在門廊屋頂內的松鼠。然後，將屋頂破洞補好，便可一勞永逸。

但是，我家附近少說也有二十多隻松鼠，如何判斷被捕獲的松鼠是住在我家門廊屋頂裡的松鼠呢？

彪形大漢說，「只有住在門廊屋頂裡的松鼠，會經過捕鼠器放置的地點。每隻松鼠，都有它自己的路線地圖。每一天，每一隻松鼠，會依照它自己的路線地圖活動。只有發生重大的改變，松鼠才會再去尋找另一條活動路線。」

彪形大漢，走向可愛的小貨車，開始準備捕捉松鼠的器具。

我對所謂的以人道博愛精神遷移野生動物的措施，有著濃厚的好奇心，因此，藉機向彪形大漢問了一連串的問題。

當時只有兩歲的女兒，崇拜偶像似的，迷戀的眼神盯著彪形大漢直看。

接著，彪形大漢，拿出兩個大形的鐵籠子。他說，「這是特製的超大尺寸籠子，松鼠一旦被捕後，關在裡面，仍有足夠的空間移動。不會感到好像被關在牢房裡，不會感到鬱悶驚慌。」

聽起來，果真很博愛。

「像松鼠這類的野生動物，如果被困在狹窄的籠子裡，無法活動筋骨，二十四小時後就會斷氣。」

彪形大漢很溫柔的接著說，「我們的目的是，遷移住在你家的松鼠，而不是謀殺松鼠。松鼠並沒有做錯事，它們只是住錯地方。」

彪形大漢的一番話，令我非常感動，十分人道，確實博愛。非常符合波特蘭慢活日子的博愛共存的哲理。

說完話後，彪形大漢打開一瓶玻璃罐頭，倒出一大把帶殼花生，放進鐵籠子內，做為誘餌。

他讓我看了一下帶殼花生，然後說，「有機生花生，沒有添加糖和鹽。人工添加的糖和鹽，會危害松鼠的內臟。」

將超大形鐵籠子掛藏在紫藤葉間，其實並不簡單。攝氏十度左右的氣溫，感到微涼。但是，彪形大漢卻流了一頭汗。

好不容易弄好後，彪形大漢站在院子中間，一邊擦汗，一邊看著我們的房子。

「這是十九世紀末建的房子嗎？」他問。

「一九〇七年建的。」我回答。

「好房子！」他讚美的說。

「是的，也許就是如此，松鼠才住進我家。」我開玩笑的說。

忽然間，彪形大漢開始以他溫柔的語音，正經八百的為松鼠辯護了起來。

「松鼠並不知道這是你的家。你的家四周都是樹，有櫻樹，楓樹，松樹和冷杉。你家也是用木材所建的，對松鼠來說，你家也是一棵大樹。是你住在一棵大樹裡。」

「你不能怪松鼠，松鼠喜歡你的家，才會搬進你家，當你的室友。你應該感到高興。因為這表示你家的木頭建材很健康，沒有化學污染。」彪形大漢對我說了一大串。

他的話，直接讓我想到慢活日子的基本因素：與生活環境裡的人事物建立關係（Connection），建立情感，正是慢活運動所倡導的主要觀念。

慢活運動來自於一九八六年，在義大利羅馬所引發的一項拒食美國麥當勞速食產品的生活文化運動。慢活運動強調，快速服務與低廉的價格，會讓現代人忽略了與生活環境建立情感的重要性。沒有情感的基礎，許多生活中的傳統文化將會被遺棄，例如各個民族的獨特美食料理，慢工出細活的手工藝術，等等。

我愈想愈覺得彪形大漢的一番話，十分有道理。我應該與松鼠建立情感，感謝它住進我家，讓我了解，我家的木頭建材沒有化學污染，讓我明白，原來我也住在一棵大樹裡。

但是，付了一百八十九美元的服務費後，我開始覺得有點兒沒道理。

第二天早晨，當我和女兒在前面院子裡，撿拾掉落的櫻花時，聽見了從紫藤中傳來的奇怪聲音。我立即打電話給彪形大漢。

當天下午，那輛畫有可愛松鼠的卡通圖樣的白色小貨車，再度停在我家門前。

彪形大漢，俐落的從紫藤中，將鐵籠子取下。一隻中等體形的松鼠，被困在裡面。彪形大漢將載著這隻住在我家門廊屋頂內的松鼠，到很遠很遠的郊區放生，以避免這隻松鼠，又跑到我家來住。

我得付八十九美元的放生運輸服務費。

經過兩天，沒有任何動靜。

然後，彪形大漢和他的白色貨車，又來到我家。

這次從紫藤中取下的籠子裡，捕獲的並不是松鼠，而是一隻灰黑色的大野鼠。

這並不是一個好消息。

松鼠住進家裡，不會到處亂鑽，不會偷吃我家的食物。它不過只是待在門廊屋頂內的空間，製造噪音，貯藏松果，和咬壞房子的木頭建材。

但是，野鼠就不同了。

繁殖快速的野鼠，會領著它的子子孫孫，鑽進室內，開始吃我家廚房裡的食物，同時會帶來傳染病。

彪形大漢從小貨車內拿出一個比較小的鐵籠子。「這是專為捕捉野鼠設計的籠子。」他說。

除了比較小以外，我實在看不出來這個籠子和捕捉松鼠的籠子，有什麼不同。

他將有機的帶殼花生誘餌，換成香甜的有機花生醬。然後他說，

「希望你家就只有這麼一隻野鼠。如果下次再捉到野鼠，我就得將你的問題轉移給野鼠除害公司。」

彪形大漢，提走了裝有野鼠的鐵籠子。

我好奇的問他，將如何處理這隻野鼠。

彪形大漢，看了一下站在我身旁的女兒，然後，示意要我摀住女兒的耳

朵。因為，接下來他要對我說的話，不適合幼童聆聽。

「我的公司不處理野鼠問題，所以我必需將這隻野鼠送到野鼠除害公司。然後，他們會終結這隻野鼠的生命。」

僅管我已經摀住女兒的耳朵，彪形大漢對於他的選詞用語，仍然十分謹慎。終結野鼠的生命，其實，就是把野鼠給殺了。

這次，我一毛錢也不用付。

因為，他的公司不處理野鼠問題。所以，他無法向我索取費用。

波特蘭人做生意，真是有一套。

安安靜靜的又過了幾天，彪形大漢，最後一次來到我家，取下掛在紫藤間的空空盪盪的籠子。

他為我們感到十分慶幸，看來我們家並沒有鼠害問題。他告訴我們可以把門廊屋頂的破洞補好。然後，向我們揮手道別。

我對瑞克說，彪形大漢看來十分眼熟，但是，就是不記得在哪兒見過。

女兒聽我這麼一說，很快的跑到她的房間，拿了一本她的童書。指著書裡的圖片說；「他在這裡！」

我看了一眼女兒的圖畫書。
從來沒有見過，有人長得這麼像大貓熊！
難怪女兒對他如此迷戀！

安娜的玫瑰花

位於美國賓州的龐士克塔尼（Punxsutawney），每年二月二日舉行土撥鼠節（Groundhog Day），以一隻名叫菲爾的土撥鼠，做為氣象預報員。如果菲爾可以看見自己的影子，表示還有六星期，冬天才會結束。如果菲爾沒有看見自己的影子，那麼春天將提早到來。

奧勒岡州波特蘭市，則是以玫瑰花做為氣象預報員。如果在五月初，看見卡拉曼莎太太前院的玫瑰花苞，大朵大朵的等待著盛開，那麼，卡拉曼莎太太會興奮的告訴你，今年的雨季將停得早些，因為她的玫瑰花，已經嗅出夏天溫暖乾燥的氣味。如果五月初，還不見卡拉曼莎太太的玫瑰花苞，那麼，她會以那濃郁的西班牙語腔調，對著路人甲和路人乙說，「夏天，還有的等呢！」然後，低頭自我嘀咕的預測，「下午大概又要下雨了。」

春末時節，波特蘭的雨，下得愈來愈少，而且每下一次雨，天氣就會暖和一些。令人心喜的是，走在慢活的日子裡，可以掃描到大朵綻放的紅色山茶花，和白色杜鵑花，從左鄰右舍的前庭和後院，探頭而出，招風引蝶。有時侯會路過開滿淡紫色小花的紫丁香，整棵樹站在街口，向過往的路人甲或路人乙，散播香精。

這個時候，經常可以看見走著走著，就跳起來的路人甲或路人乙。可能是因為天暖和了些，穿得少了點兒，感覺身子輕了些，想跳跳。也有可能，只是想看看路旁別人家竹牆內的花園景致。

波特蘭人和綿綿雨季的感情，是一種成熟自由的愛，有著根深蒂固的信任默契。雙方彼此了解，為了再愛一次，短暫的分離是必要的。

雖然在表面上，波特蘭人和綿綿雨季，相處得十分融洽，並不代表波特蘭人的內心深處，不曾幻想過。但是，在幻想過後，成熟睿智的波特蘭人，總是心甘情願，甚至滿心歡喜的再回到綿綿雨季的懷抱。

因為，在慢活的日子裡，波特蘭人無法生活在沒有道格拉斯冷杉和玫瑰花香的土地上。綿綿細雨正是冷杉和玫瑰花的生活糧食。這種有著骨牌效應的愛的關係，是波特蘭人無法與綿長的雨季分手的原因。

無論過程是如何的煎熬與矛盾，只要最終的答案還是愛，那就足夠了。這種存在於生活中的詭異的愛，最能表達波特蘭人與雨季的親密關係。

糾纏不斷的雨絲，滋潤了玫瑰花的含苞待放。象徵愛情的玫瑰花，是波特蘭的市花，波特蘭市還為它舉辦了一個節慶，就叫玫瑰花節。

玫瑰花並不是波特蘭市的原住民，就像大部分的波特蘭人，玫瑰花也擁有一段屬於自己的移民故事。一八三七年，一艘商船載著名為Rose Bush的玫瑰品種，抵達波特蘭市。待嫁的安娜（Anna Pittman）為了等待她的結婚賀禮，已經興奮得好幾天都睡不著覺。當時，她並沒有想到這些嬌嫩的結婚賀禮，為玫瑰花登陸美國西北岸留下歷史文獻的記載。大概也沒預料到，百餘年後，她的玫瑰花，竟然成為奧勒岡州波特蘭市最大的慶祝節慶的主角。

姹紫嫣紅的玫瑰，在美國西北岸，胼手胝足的移民拓荒時期，是一項中看不中用的奢侈品。這些種在安娜院子裡的玫瑰花，在當時不僅傳送著宜人花香，同時散發著社會階級的光華。然而，天有不測風雲，一場大火燒毀了安娜的家。於是，安娜一家人搬到現在的奧勒岡州首府賽倫市。

過了幾年後，一位名叫約翰的農夫，在安娜所廢棄的院子裡，發現浴火重生的玫瑰花。於是，悄悄的移植到他自家的院子裡。後來，消息傳開了，大票人馬拿著鋤頭，紛至沓來，在安娜廢棄的院子裡，截取玫瑰花。就這樣，當時被視為白領階級才能享有的玫瑰花，沒幾天的功夫，遍及波特蘭市。沒有血腥暴力的抗爭，無需網路媒體的鼓吹，憑著一股花香，玫瑰花改革了波特蘭的社會階級。從此，不論是高級住宅區，或是藍領住宅區，皆可見玫瑰花的婀娜影姿。

一八八八年的夏天，波特蘭市一位富豪的妻子皮塔克夫人，在她那有專人負責維護的綠油油的院子裡，舉行了一場別開生面的玫瑰花派對。她的舞會邀請名單上，擠滿了當時的名流望族。皮塔克夫人要求前來的貴賓，必須攜帶一株玫瑰花。這場派對為上流社會，開闢了高價購買特殊玫瑰品種的市場。中產階級愛花者，藉機攀上上流社會。藍領階級的綠手指園藝工人，也因此獲利，一邊數著鈔票，一邊躋身中產階級。玫瑰花香，再一次為藍領階級開創錢途，再一次解放波特蘭的社會階級。

培植新的玫瑰品種，緊接著在波特蘭形成一股流行趨勢。一八八九年，一位名叫弗雷德瑞克的律師（Frederick Holman），組成了一個波特蘭玫瑰花協會，定期推出玫瑰花展，以共有共享的精神，為社會大眾和市井小民，提供研究玫瑰的最新消息，同時避免玫瑰花淪為白領階級獨享的寶物。

根據記載，當時波特蘭玫瑰花展期間，前往參觀的人潮，蜂擁而至，擠滿了市區七條大街，讓市政府不得不下令實施交通管制。玫瑰花受歡迎的程度，有增無減。到了一九〇五年，應廣大玫瑰花迷的熱烈需求，與經濟市場的發展潛力，當時的波特蘭市長哈利連恩（Harry Lane），終於宣布，將每年舉辦玫瑰花節慶，正式為波特蘭市民所熱愛的玫瑰花，舉辦一場年度嘉年華會。

連恩市長同時撥款十三萬美元，買了一塊土地，興建一所玫瑰實驗花園。這座花園，不僅成為玫瑰新品種爭奇鬥艷的園地，同時免費對外開放參觀。一律平等的對外提供玫瑰花的最新訊息。現今，這座位於華盛頓公園內的玫瑰實驗花園，是美國歷史最悠久的公共玫瑰實驗花園。

波特蘭玫瑰花節慶的玫瑰花車遊行，冠居全美第二大花車遊行，僅次於陽光普照的加州帕薩迪亞市的花車遊行。波特蘭市花車遊行的盛況，讓無數旅遊觀光客訝異的發現，一個陰雨季節長達兩百多天的城市，竟然是全美第二大花車遊行的所在地。兩百多天的陰雨天，鍛練出不可思議的波特蘭人，在不可言喻的天氣裡，每年完成不可能的慢活任務。

波特蘭玫瑰花節慶，開始於五月的最後一星期或是六月的第一個星期。節慶活動長達三星期。慶祝活動包括，露天遊樂場，煙火秀，夜間星光遊行，海軍軍艦開放參觀，玫瑰花競賽與展覽，賽車，划龍舟競賽，花車遊行和藝術家作品聯展等。每一次看花車遊行時，站在老外人海中，看見來自姐妹市的高雄市舞蹈遊行團體，即使已經看了快二十年的花車遊行，這些來自家鄉的熟悉面孔，總是激起我的異鄉遊子情懷。

花車遊行的前一個晚上，許多來自其他城鎮的奧勒岡州居民，會在開放遊行路線的行人道上，搭起帳篷夜宿，以搶先佔得參觀地盤。五月底六月初的雨，說來就來，說走就走，十分瀟灑。夜宿街頭，等待花車遊行的民眾，經常躲在帳篷裡，一邊聽著滴答答的雨點聲，一邊在接受電視台記者訪問時，心定神怡的說，「波特蘭的雨，早就聽說過了！」如果正逢晴天，夜宿街頭的民眾，會攜老扶幼的在交通管制的街道上，手足舞蹈，像是中了樂透彩券似的。

波特蘭的雨，教人珍惜慢活日子裡的清香原味，例如，玫瑰花香！

波特蘭的雨，教人珍惜慢活日子裡簡單的樂趣，例如，享受晴天！

家中後院裡有三株蒼勁老態，看來很有歲數的玫瑰花。

「會是約翰農夫從安娜家挖來的玫瑰花殘枝的後代嗎？」我在心裡猜想著。

每年五月底六月初，我會站在後院裡的玫瑰花前，專心學習卡拉曼莎太太的模樣，仔細研究著含苞待放的玫瑰花苞。因為功力不夠深厚，所以還無法向路人甲和路人乙預告氣象。但是，可以對著家人練習預言的功力。

走進客廳，我對丈夫和女兒喊著，「再等一個星期，雨就會停了，打開窗戶，就可以聞到夏天的味道！」

瑪莉安黑莓

二〇〇九年，瑪莉安黑莓（Marionberry）在奧勒岡州議會裡，成了一場選舉風波的主角。

奧勒岡州政府提案推選瑪莉安黑莓，做為代表本州的莓類水果。原本以為是一場簡單的投票過程，卻演變成一場爭議。議會裡掀起了沒完沒了的州莓大戰。

藍莓委員會抗議州莓的選舉，將影響他們的市場銷售。

草莓協會埋怨的表達，州政府不應該偏心，只獨愛黑莓。

就連黑莓和覆盆子委員會也不高興，因為他們擔心瑪莉安黑莓將影響其他黑莓品種的市場售銷。尤其是產量僅次於瑪莉安黑莓的Thornless evergreen blackberry，另外，Boysen黑莓和Waldo黑莓也將失去光彩和錢途。

專業生產柯塔塔黑莓（Kotata）的業主，也站出來表示反對。為整個選舉方案畫下句點。州政府徹消了州莓選舉的方案。

奧勒岡州向來以生產各類莓果聞名，無論是藍莓，黑莓，草莓和覆盆子，各有令人垂涎三尺的獨特吸引力。在環肥燕瘦，各具香味的莓果世界裡，挑選代表，其實，並不是一個好主意。

瑪莉安黑莓是什麼樣的黑莓呢？為什麼獨享三千寵愛？為什麼選它作為奧勒岡州的代表果莓，不是一個好主意呢？

瑪莉安黑莓是奧勒岡州專有特產的黑莓。全美國的黑莓市場中，瑪莉安黑莓佔有超過一半以上的產量。許多黑莓食品，即使沒有註明是瑪莉安黑莓，有超過百分之五十的機率，是以瑪莉安黑莓為材料。

奧勒岡州宣稱，全世界瑪莉安黑莓的產量，百分之九十來自奧勒岡州。就連它的名字也來自於奧勒岡州。一九五六年，瑪莉安黑莓正式問市，它是由奧勒岡州立大學所主持的一項農業研究發展的成果。研發人員以奧勒岡州野生黑莓，結合其他培育的黑莓，和紅桑椹，進而成功培育出又大又甜又多汁的新品種。研發人員同時以培育的地點，位於威樂美河流域的瑪莉安郡，做為這項新品種的名稱。瑪莉安黑莓，莓果肥碩，味美汁甜，香醇可口。問市以後，獨佔鰲頭，成為黑莓的代表，成為消費大眾心目中的唯一黑莓。

奧勒岡州全年多雨，並且有著陰涼的夏日夜晚，這些特殊的氣型，成為各式莓類生長的搖籃。紅莓，藍莓，黑莓和草莓在奧勒岡州境內繁榮生長，果實累累。但是嬌嫩多汁的莓果，最不能承受寒冷的氣流。因此，經常於春末時節，侵襲奧勒岡州的寒冷氣溫和大雨，成了種植業者的最大敵人。為了改進瑪莉安黑莓的抗冷耐寒性，研發人員於一九八四年推出了柯塔塔黑莓。同樣具有味美汁甜的柯塔塔黑莓，始終無法取代瑪莉安。因為消費市場愛上了瑪莉安黑莓的名字，只有名叫瑪莉安的黑莓，才是最好吃的黑莓，才有人買。唉，誰說姓名學不重要呢？

然而，柯塔塔黑莓抗寒的特殊特色，保障了它的生存。每逢瑪莉安黑莓收成欠佳時，柯塔塔黑莓成了最佳替身。奧勒岡州的莓農們相信，種植各種不同品種的莓果，才能維持平衡健康的莓果市場。瑪莉安黑莓是主角，但是，主角需要配角的共存，才能閃爍光芒。柯塔塔黑莓和其他品種的黑莓，是奧勒岡州的黑莓市場的無名英雄，它們阻止奧勒岡州淪為一莓獨大的惡性生態環境。

藉著奧勒岡州黑莓故事的新聞熱度，維護環保，倡導慢活主義的團體，再度揭發麥當勞速食店　手造成的馬鈴薯悲劇。由於人人愛吃又長又大的金黃色薯條，因此麥當勞只購買長條狀的Russet馬鈴薯。農夫們在市場的盲目領導下，放棄種植Yukon Gold馬鈴薯，以及其他品種的馬鈴薯。這種單項獨大的農產品種植環境，減低了農產品的抗病力，同時隱藏著一病全毀的馬鈴薯生長市場的危機。不少有良心，有遠見的馬鈴薯業者，堅信種植多樣性的農產品，才能維持健康平衡的生態。因此，拒絕與麥當勞做生意，拒絕助長惡性生態環境，這些拒絕抗議活動，終於逐漸讓美國的消費大眾對馬鈴薯種植市場的失調現象加以關切。只有喚醒良心，才能拯救短視圖利的愚蠢與貪婪所造成的自然生態悲劇。

六月和七月，是奧勒岡州的莓果豐收的季節，大城小鎮裡，飄散著香甜的莓果味。名正言順成為奧勒岡州的莓果月。這個季節，慢生活的日子全都發生在農夫市場裡。

農夫市場在慢生活的理念裡，佔著很重要的地位。到農夫市場，購買和食用當地生產的蔬果，是慢活理念的核心。從這個核心可以延伸出許多慢活日子的特色。例如，購買當地農產品，可以減少從外地運來的食品沿路所製造的空氣污染。維護居住環境的健康品質，是慢活的要素。

吃當地種出來的蔬果，為慢活日子建立溝通管道，讓生理和心理與當地的節令相互調和。與居住環境（包括土壤和季節）連繫，建立情感，是慢生活的另一個要素。

一位農夫告訴我，夏天時吃夏天生長的作物，冬天時吃冬天生長的作物，這是大自然的生活規律。如果破壞了這個自然規律，冬天時吃著從外地運來的夏天農作物，不但不能幫助你抵抗當地冬天的濕寒，同時製造交通運輸造成的環境污染。得不償失。

女兒是在農夫市場裡長大的。小的時侯，畫蔬菜水果畫的好傳神。現在大了些，知道五月是吃蘆筍的月份，雖然她並不喜歡吃蘆筍。進入六月，女兒就開心了，草莓，覆盆子，一粒一粒塞滿口。七月和八月吃黑莓和藍莓。九月和十月是蘋果和桃子的季節。

還記得女兒四歲時，總是抱著一小籃瑪莉安黑莓，專心沉默的邊走邊吃，同時不時地將不小心從嘴角流出的黑莓甜汁，再吸回進口裡。對四歲的孩子來說，這樣邊走邊吃，比坐著吃，要好吃許多。這麼粗魯不造作的大聲吸著滴出嘴角的黑莓汁，比優雅的用手帕拭去嘴角的黑莓汁，要好吃許多。

果肥汁多又香甜的瑪莉安黑莓，除了可以一顆一顆塞進口裡吃，還可以烹調出許多甜點和佐料醬。塗在土司上的瑪莉安黑莓果醬，是收藏波特蘭夏日美味的最道地的方式。黑莓派，是家在波特蘭，夏日烤肉的最佳甜點。也有人將新鮮黑莓煮成莓醬，一大匙地淋在香草冰淇淋上。新鮮黑莓烹調成的莓醬，也是波特蘭人用來搭配牛排，豬排和烤鮭魚的佐料沾醬。幾乎全世界都愛把加拿大楓糖漿，淋在美式煎餅上。但是，在波特蘭的慢活日子裡，人人手上握得緊緊的是，瑪莉安黑莓糖漿。

在這麼多的瑪莉安黑莓食品料理中，最讓波特蘭人自豪的食譜是，在生菜沙拉裡，與藍色起司碎塊，一起滾來滾去的，一顆顆新鮮肥美的瑪莉安黑莓。只有家在波特蘭，可以吃到新鮮土產的瑪莉安黑莓。只有新鮮土產的瑪莉安黑莓，可以將簡單的生菜沙拉口味，提升到至真至美的口感境界，將慢活日子的原味，表露無遺。

每逢六，七月，家家戶戶把到莓園裡，摘莓果當成一件慢活日子裡的大事。左鄰右舍見面，完全以採莓活動和情報，做為打招呼的內容，

「你好啊！去摘草莓了嗎？」

「什麼？還沒去採黑莓，快去吧，就快被採光了。」

有的人直接省略客套話，開口就問，「藍莓成熟了嗎？」

有的人更是好心的預告氣象，「這星期六天氣晴朗，快去摘覆盆子吧！」

在波特蘭的慢活日子裡，可以看見大人和小孩的手指上，沾著沒洗掉的草莓和紅莓的鮮紅莓汁。經常，看見路人甲和路人乙，伸出舌尖舔著嘴角旁的藍莓派的藍色醬汁。街頭巷尾裡，總是有幾個孩子的臉頰上，還留有黑莓酥的紫黑色莓果殘渣。最後，無論是人人或小孩，都會在上衣的領口旁或是短褲的口袋上，留下粉紅色的覆盆子的莓汁斑痕，有的時侯是淡藍色的藍莓痕跡，或是紫藍色的瑪莉安黑莓斑漬。

奧勒岡州的州花是玫瑰，州樹是道格拉斯冷杉，州魚是王鮭。代表奧勒岡州的水果是梨，棒果（Hazelnut）是奧勒岡州的代表核果。奧勒岡州不需要選拔代表本州的莓果，我們愛我們的草莓，紅莓，藍莓。黑莓，瑪莉安，柯塔塔和覆盆子，無論莓果的大小，不管莓果的色彩，本州絕對一視同仁，平等對待。

慢活日子的特色，只要是從當地土壤結出的果實，就是當地的代表。

貝拉的蛋

我的老鄰居艾麗西亞，自從搬回希臘定居後，每回與她連絡，她總會提起貝拉的蛋。

「尤其是在春天，貝拉下的蛋，特別香醇甜美！」艾麗西亞回憶的說。貝拉是她在波特蘭郊區的有機農場裡所結識的一隻母雞。

依據她的描述，貝拉有著淺褐色的雞毛，喜歡跟人玩，是一隻性格開朗的母雞。她成天帶領她的小雞們，在農場裡閒逛，同時欣賞前面有小河，後面有山坡的農場景致。貝拉也是個標準的長舌婦，一天到晚與朵拉和莎拉（農場裡其它的母雞），嘰嘰喳喳個兒沒完，享受無所是事的農場生活樂趣。

這麼一隻快樂的母雞，所下的蛋，當然是香醇可口！

我曾經想過，艾麗西亞又不是母雞，她怎麼知道貝拉是否真的快樂？不過，話又說回來，我又不是艾麗西亞，我怎麼會知道她是否知道貝拉是否真的快樂？

為了再度品嚐快樂母雞所下的好吃的蛋，艾麗西亞回到希臘後，在自家院子裡養起了幾隻母雞。

選擇住在波特蘭，過慢活日子的居民，就像艾麗西亞一樣，追求食物的快樂來源。

講究食物的快樂來源，是慢活日子的要素。

為了確保廚房裡的雞蛋，來自快樂的母雞，同時保有最高的新鮮度；住在右手邊的鄰居甲，在她的大後院裡養了五隻母雞，它們的名字是：芬妮，潔瑞，蘿瑞塔，蕾貝卡和桃瑞絲。鄰居甲以她的五位義大利裔阿姨和姑媽的名字，為她的母雞命名。

再往南走到鮭魚街，鄰居乙家裡養了三隻母雞，它們的名字是菲比，威靈頓，霍肯夫人。介紹完母雞的名字，鄰居乙又說，金黃色的小野菊，是它們最喜歡的零食。

「這些母雞真的過得快樂嗎？」我問。

「總比被關在雞籠裡快樂吧！」鄰居乙肯定的說。

「它們所下的蛋，真的比較好吃嗎？」我問。

鄰居甲塞給我三顆早上才從雞舍取出的雞蛋，同時提醒我，別放進冰箱。

「只有不新鮮的雞蛋，才放冰箱裡。」她說。

她的話讓我想了好久，後來，倒著想，才想出了道理。

慢活日子的居民相信，美味來自於食物的快樂來源。

回到家後，我用這三個新鮮雞蛋，加上一些波菜和義大利臘腸做了一道美式煎蛋。蛋味香甜，竟然忍不住和女兒搶吃了起來。

曾經在鄰近西雅圖的鯨魚島上的一所農場度假。每天早上，我們跟著農場主人，到雞舍裡撿雞蛋。剛生下的雞蛋，餘溫猶存，捧在手心裡，暖烘烘的餘溫，自手掌心一路直達心坎裡。

回到廚房，農場主人套上圍裙，在火爐上煮起了起司炒蛋，橘黃色的切達起司，一絲絲的灑在暖黃色的炒蛋上，再點綴著少許草綠色的普羅旺斯綜合香料。一匙炒蛋含在口裡，滿足的味蕾將我帶回母親的懷抱，剎那間，我被一陣陣母乳的芬芳所擁抱。

農場主人也是一位慢活實踐者，他把經營農場當做慢生活中的修行課程。

波特蘭的慢活文化，散播著自然原味就是美味的哲學。慢活居民堅持，美味來自於食物的快樂來源。從健康有機食品擴展到生活各個層面，波特蘭人推崇有機生活文化，首居全美。

經過多年的經營，有機商品終於在美國市場上贏得一處黃金地段。許多市場研究指出，象徵健康的有機食品在市場上異軍突出，與美國胖子的數量，有著密切的關聯。滿街的胖子，是美國典型的街頭風景。胖子的來源，眾說紛紜。最被社會大眾認同的是，美國人吃太多不健康的食品。

為了吸引消費者的口慾和食慾，美國食品業者以高膽固醇和高熱量的速食食品，攻戰人心和口慾。加上低價促銷戰略，好吃又便宜，讓人難以拒絕，讓消費者忘了思考低價的由來，以及尾隨於後的後遺症。那些被吞下肚的牛肉和雞肉，全來自於低成本的飼養方式。成千上萬的小雞，被關在狹窄的雞籠裡，只吃不動，注射抗生素和成長激素荷爾蒙。沒幾個星期，小雞變大雞，然後，一隻又一隻，被消費者吞進肚子裡。

幾十年下來，營利短視的美國食品業者，不但在美國本土創造出胖子國，同時逐步向全球拓展肥胖人口數量。

肥胖，帶給人體的不僅是脂肪，還有糖尿病，高血壓，心臟病和憂鬱症。那些抗生素，荷爾蒙，和殺蟲劑，也為我們所居住的地球，帶來污染的土壤和骯髒的水質，嚴重危害我們所居住的環境品質。

有機生活文化隨著環保觀念和慢活運動的推廣，日趨普遍，因此讓許多超級市場見風轉舵，也紛紛販售起有機產品。這些超市，喜歡將有機食品集中獨立，設置專櫃。好像是在展示獎杯似的。當擁護有機食品的消費者，走進超市，他們總是信仰堅強的直接向有機專櫃前進，對於兩旁促銷大減價的食品，無動於衷。其他消費者即使不購買有機食品，也喜歡到有機專櫃逛逛。有的人看見自己手推購物車裡的食品，比有機食品的價格便宜許多，眉開眼笑，喜孜孜的前往付帳。也有人剎那間困惑在質與量的迷網中；一張張掙扎的臉孔，盤算著，該買三根九十九毛錢的玉米？還是一根九十九毛錢的有機玉米呢？

究竟有機食品與一般食品有何差別呢？

二〇一二年，史丹佛大學的研究報告指出，有機食品和一般食品在營養成份上，並沒有差別。研究人員找不到強力的證據，以證實有機食品比一般食品含有較高的營養成分。這項含糊不清，欠缺熟慮遠見的報告，在美國社會，引起軒然大波。社會大眾質疑，報告中所指的營養成份到底是什麼成份？另外，這項研究完全忽視農藥污染生態環境的後遺症，令環保人士和慢活居民搖頭嘆息。

在波特蘭過著慢活日子的居民，絲毫不受史丹佛大學的研究報告所影響。波特蘭的慢活居民堅信，有機和環保是前往自然原味的途徑。自然原味就是美味。美味來自於食物的快樂來源。

自然和快樂，是生活中的基本要素。但是，這些生活基本要素，卻逐漸消失在複雜紛亂的現代生活中。

現代人為什麼不快樂呢？

是不是因為活得不夠自然呢？

是否因為吞到肚子裡的食物缺乏快樂的來源呢？

一位農夫曾告訴我，被農藥污染過的土壤，種不出快樂的食物。可惜的是，現在的土地，許多都含有農藥殘餘，包括他的農地在內。僅管他早已放棄灑農藥的作業方式，他的農作物仍然無法標示為有機食物，「污染土地只是一瞬間，卻得花至少七年的時間調節修復才能讓被污染的土地恢復自然品質。」

儘管溫室效應持續惡化，戰亂之地仍然無法達成和平協議，在波特蘭過著慢活日子的居民，樂觀的相信，堅持食物的自然原味和食物的快樂來源，可以療癒生活的傷口，讓自然和快樂重新回到人類的生活，讓地球重新回復到無污染的原質。

貝拉的蛋，可以拯救我們的地球。

誰偷吃了我的花種子

冬初的氣侯，像是一雙長滿厚繭的粗糙大手，把花園裡又冷又溼的有機泥土，捏挫成一塊塊的薄磚泥。我這一雙快得到關節炎的膝蓋，穿著一對保證隔離溼氣的園藝護膝，這兩隻還稱得上細皮嫩肉的玉手，戴著一雙既防溼又保暖的園藝手套。我跪在花園裡的有機泥土上，很有耐心的，先把凍結成不規則塊狀的泥土捏碎，然後，再依照園藝書上的指示，在花園裡覆蓋一層用樹皮和樹葉擣碎而成的堆肥。這一道園藝程序，稱做地膜覆蓋，它的主要功能是保護植物的根部，防止根部在冬季時節凍瘍。

為了幫助花園裡的玫瑰花，菩提樹，老櫻樹和好好吃的藍莓，度過太平洋西北岸的溼冷嚴冬，我和當時只有兩歲半的女兒，母女兩人，全副武裝，累得幾乎整個人趴在泥土上，精疲力竭的把一塊塊凍結成不規則形狀的泥土捏碎，然後，再覆蓋上一層樹皮堆肥。在又忙又累的時侯，又得時常從花園裡站起來，向四周察巡一下。更加耗損了許多體力和精力。

接著，女兒也學著我的模樣，不時從泥土上站了起來，轉身向四周看了看。然後，蹲了下來，繼續捏碎泥塊，再覆蓋堆肥。她從花園裡站起來了好幾次，終於，好奇的問我，到底在找什麼？

我對她說，「好像有人在看我們，但是卻找不到是誰。」

可能是蹲在花園裡蹲累了，女兒一屁股站了起來，大搖大擺的走出花園，然後對我說，「我去找，到底是誰在看我們。」最後，她坐在楓樹下的一張小板凳上，唱起了歌來。

我自己一人，在花園裡孤軍奮鬥。忽然，看見泥土上有一粒被咬了一口的鬱金香球根。接著，又找到兩粒同樣被咬了一口的鬱金香球根。另外，在菩提樹下竟然躺了五粒被咬得遍體鱗傷的球根。我馬上連想起，上個月我在花園裡種了將近五十顆的鬱金香球根，辛辛苦苦的，把它們一粒一粒，整整齊齊，埋進泥土裡。結果，竟然被挖了出來，而且還被咬得傷痕累累，氣急敗壞，跪在花園裡，我大吼了起來，「誰偷吃了我的花種子？」

「不是我！」女兒從小板凳上站了起來，馬上回答，一雙誠實的眼珠子盯著我直看。

不知道是累了，太生氣了，又覺得好笑，還是以上皆是。我整個身子疲乏地攤倒在花園裡的有機泥土上，從灰色的天，空降而下的雨絲，細如牛毛，輕輕打在我的臉上，竟然感到十分舒服。剎那間，筋骨舒暢的快感，短暫地驅逐了喜怒哀樂的心理情緒。

女兒看著我躺在又溼又冷的泥上上，馬上跑過來，躺在我身旁。我們母女兩人，全副武裝，把一本兩百多頁的園藝手則，丟放在一袋有機樹皮堆肥上。懶惰的睡躺在花園裡，欣賞波特蘭鮮少藍過的天空。就在這個幸福時刻，我發現四隻小眼珠在楓樹上，盯著我們母女直看。

接著，女兒指著菩提樹說，「那棵樹上一共有三隻小松鼠。」

我轉頭一看，可不是嗎，菩提樹上藏了三隻小松鼠，櫻花樹上也有兩隻松鼠，難怪，我一直覺得有一種被監視的感覺。我坐了起來，脫下帽子，把沾黏在帽子上的泥土，慢慢撥開，五隻松鼠站在兩棵樹上，十隻小眼珠盯著我手上的帽子直打轉。我對女兒說，我知道是誰偷吃了我們的花種子。

女兒好奇的看著我說，「不是我，對不對？」

「是小松鼠偷吃了我們的花種子。」我告訴女兒。

同時，也默默地盤算著該如何阻止松鼠繼續偷吃我的花種子。

接下來的幾天，我把所有的精神和體力，投入在監視松鼠的行動。只要一看見有松鼠跑進花園，正準備挖泥土，我就趕緊跟著跑進花園裡，試著用最溫柔的肢體語言把松鼠趕出花園。讓它到別處覓食，以免我所種的鬱金香球根，又被挖出來咬兩口。

驅趕松鼠，是一件很令人疲倦的事。也讓我體驗到實踐慢活日子辛苦的一面；在慢活日子中與萬物共存，並不是每一天都是悠哉游哉的。但是，我必須堅持慢活的理念，與偷吃花種子的松鼠共存。

松鼠體型小，不容易被發覺，而且跑得又快，沒兩下，就從樹上跑下來，一下子的功夫，菩提樹旁就被挖了個小洞。我這雙老花眼，盯著松鼠跑上跑下，不到兩小時，就覺得頭昏眼花。另外，松鼠又聽不懂人話，無法和它們溝通，請它們別到花園裡吃我所種的花種子。將它們驅趕到別處覓食，是我想到唯一的一個辦法。

還好，我有個秘密武器，兩歲半的女兒，眼光雪亮，小小腳丫，跑得很來勁兒。沒過幾天，我就把監視松鼠的重責大任，全讓女兒扛著。

在監視松鼠的期間，我完全忘了我還沒有做完地膜覆蓋。一袋一袋的樹皮堆肥，在花園裡堆成了好幾個小山丘。一天，瑞克對我說，有好幾袋堆肥被浣熊咬破了，他擔心浣熊把塑膠袋吞進肚子裡，會害浣熊生病。那天傍晚，他穿著雨衣，冒著冷風冷雨，在花園裡灑滿了樹皮堆肥，把堆在花園裡用塑膠袋裝的覆蓋堆肥，全部用完。然後，他把十幾個塑膠袋，放進垃圾分類回收箱裡，最後，把回收箱的蓋子關得緊緊的。

一天早上，女兒穿著雨衣和雨鞋，匆匆忙忙的跑進廚房，拿了兩個大鍋蓋，匆匆忙忙的又跑到花園裡，在乾淨的廚房裡留下了一排泥巴腳印。我往窗口一瞧，看見她把鍋蓋當銅鈴使用，雙手對打著鍋蓋，發出刺耳的咚嘡聲響。然後，我看見兩隻松鼠，分別站在楓樹和善提樹下，像是被點了穴道似的，僵硬不動。

可是，不到五秒鐘的時間，這兩隻松鼠不再把女兒所製造的噪音當一回事兒。從菩提樹下跑來的那隻松鼠，開始往地底挖。然後，站在楓樹的那隻松鼠，也跟著跑了下來，接著往地上挖了起來。

看見松鼠完全藐視女兒的警告，我趕緊向花園衝去。

「咚咚嘡嘡！」女兒的鍋蓋聲，愈打愈響。

「咻，咻，咻！」我拿掃把當寶劍，在空中揮舞著。

兩隻松鼠，看戲似的。盯著我們母女倆兒。看了一會兒，才跑上楓樹，再跳進鄰居家院子的桃花樹。

我們母女兩人，成功趕走了松鼠。但是，一顆被咬了兩口的鬱金香球根，奄奄一息的躺在菩提樹下。我知道，我又失去一顆花種子。

二〇〇六年冬初，位於中東的加薩走廊，以色列人和巴勒斯坦人，因為專心忙著報仇，超過半百年來，始終無心達成和平協議。

又與松鼠奮戰了一天，我精疲力竭的躺在沙發上，半睡半醒的陪著瑞克收看夜間新聞。自從十一月八日，以色列砲轟加薩走廊，錯失目標，結果誤擊民宅區，造成十九名無辜的巴勒斯坦居民身亡，四十多人受傷。世界新聞媒體，細心觀察，接下來可能引發的巴勒斯坦報仇行動。就在我進入夢境之前，我聽見一位記者說，「如果有一方能冷靜下來，不立刻反擊復仇，或許可以暫時緩和加薩走廊的緊張情緒。」

隔日清晨，趁著女兒還沒睡醒，我坐在廚房裡的小餐桌旁，與一杯咖啡，共享短暫的清靜。透過後門的玻璃窗，清清楚楚的看到一隻松鼠，狼吞虎嚥的吞咬著手上捧著的一粒小松果。它看起來好餓好餓，我愈看愈入迷，完全忘了等一下它可能會偷吃我的花種子。急急忙忙吃完了手中的松果，松鼠又在菩提樹四周，跑來跑去，嗅來嗅去，看起來，它好像在找它所埋的松果。可惜，它一直沒找到。最後它爬上菩提樹，樹上有一隻體型較小的松鼠，好乖的躲在枝幹上等著。松鼠母子會合後，一起從我家的菩提樹跳進鄰居家後院的一棵梨花樹。

我穿上外套，再披上雨衣，來到了院子裡的花園。又冷又溼的氣候，把波特蘭的空氣過濾得十分乾淨，經常，可以聞到從左鄰右舍院子裡傳來的松木和柏樹的清淡針葉杳。我站在菩提樹前，又發現三粒被啃過的鬱金香球根，孤伶伶的被棄置在一叢山茶花旁。

清潔的空氣，淨化了我的頭腦。我冷靜的回想，秋末時在花園裡埋種鬱金香球根，辛辛苦苦的，把它們一粒一粒，整整齊齊，埋進泥土裡。然後，我想起，在埋鬱金香球根的同時，挖出了不少松果。當時，不經意地順手把那些松果和花園裡的斷枝殘葉放進堆肥箱裡。完全沒有想到，那些被我挖出來的松果，原來，是松鼠們埋在土裡，做為過冬的糧食。這些松鼠找不到它們所埋的松果，因此，誤把我種的鬱金香球根，當松果吃，鬱金香球根一定很難吃，松鼠咬了兩口就不吃了，將球根棄置在花園裡。

冬初的氣侯，像是一雙長滿厚繭的粗糙大手，把人生複雜的現實情境，捏挫成一塊一塊有稜有角的拼圖碎片。又冷又溼的氣候，把波特蘭的空氣過濾得十分乾淨，新鮮乾淨的空氣，讓我的頭腦清楚了起來。站在菩提樹旁，看著被咬成重傷的鬱金香球根，我慢慢地反省著過去因為不用心所犯下的錯誤，因為不經意所促成的傷害。站在冬初的冷空氣裡，我慢慢地自我反省。

第一朵鬱金香

我的瑜珈老師說，波特蘭的冬天是修補復原精力的季節。波特蘭的春天則是令人迷惑的季節。

「在春天這個令人迷惑的季節裡，正是打坐冥想，培養耐心，尋找和大自然相處的平衡點，練習慢生活的最好季節。」棕髮碧眼的瑜珈老師說。

「感謝地球之母，賜給波特蘭市這麼一個獨特性格的季節。粉紅色的櫻花和杜鵑，橘黃色的水仙花和鬱金香，展現了春天的色彩。同時，告訴我們，寒冬已盡。現在，唯一可做的就是，冥想。在慢活的日子裡冥想。」老師說得頭頭是道。

老師的話，讓我想起了幾天前，被院子裡的大朵大朵鮮紅色的杜鵑花給騙了。沒穿外套就走路去買菜。攝氏五度的低溫，凍得我一路手腳發抖。

波特蘭的初春，紅花綠葉，看起來，總是比感覺起來暖和些。

朋友說，鳶尾花最固執了，春天不到是不開花的。因此，她只等待鳶尾花開花。朋友的話讓我想起了梵谷，固執的人，畫固執的花。

我的左鄰右舍，在慢活的日子裡，成功的與生活環境建立專屬的情感，各自研發出一套鑑定春天來臨的獨家見解。

鄰居甲堅持她的鳶尾花開花哲學。鄰居乙只相信水仙花。鄰居丙認為，櫻花盛開，就是春天。但是，鄰居丁反對，搖著頭表示，木蘭花開了，才是春天。

不管別人怎麼說，我只等待鬱金香。只要看見鬱金香，我就看見我的春天。

二十多幾年前的初春，到土耳其採訪。意外的在伊斯坦堡市的索菲亞清真寺博物館附近的公園裡，看見一小片鮮黃色的鬱金香花圃。當時，真的是一見鐘情，看傻了眼！

愛它的花形，像是孩子畫出來的，不圓不正的形狀。愛它的花色，無論是黃色，橘色或紅色，總是那麼的鮮麗，散發著一種只有從孩子眼睛裡才看得見的明亮光彩。

從此之後，情有獨鐘的暗戀著鬱金香。

一年後再訪伊斯坦堡市，不是花季，因此，未見鬱金香，卻從當地友人口中，聽見許多鬱金香的故事。

「鬱金香，是奧圖曼帝國的國花。在王宮裡，四處可見鬱金香園。因為備受王宮貴族的喜愛，鬱金香在這個時期，開始成為經濟作物。」與當地朋友們坐佩拉皇宮飯店裡（Pera Palace Hotel），喝下午茶，我們從英國女作家安格莎克里斯汀的偵探小說，聊到奧圖曼帝國的鬱金香。

傳說，當年安格莎克里斯汀在這裡撰寫著名的「東方快車謀殺案」，從她所住的四百一十一號房間的窗口，是否可以看見伊斯坦堡市街道上所盛開的鬱金香？

接著，我終於來到以鬱金香聞名的國度，荷蘭。

到庫肯霍夫公園採訪時，正逢鬱金香花季，不僅讓我大飽眼福。同時，也讓我的鬱金香暗戀情結，愈陷愈深，難以自拔。

站在庫肯霍夫公園禮品店裡，望著店員小姐，專心看著她，信心十足的說，或許奧圖曼帝國的王宮貴族真的把鬱金香當成寶，但是，是荷蘭這個國家，將鬱金香捧成國際巨星。

回到台灣後，一直想念著鬱金香的倩影，同時不時幻想著，有朝一日，在台北的家的陽台上，一朵一朵的鬱金香，倚偎著鐵窗欄杆，綻放又圓又方的花朵，散發只有從孩子的眼睛裡才看得見的明亮光彩。

後來，很驚喜地在花市裡買到一包鬱金香球根。我將包得好好的鬱金香球根，放進冰箱裡。等待秋末，再把它種在花盆裡。

包得好好的鬱金香球根，在我的冰箱裡睡了快一年。

回高雄時，我將鬱金香球根，帶回給媽媽。當時的感覺像是，負心漢終於擺脫了苦等的痴情女，感覺真好！

沒多久，媽媽打電話來，告訴我，我的鬱金香，開了好大一朵花。

「在冰箱裡睡了一年。」我順口說出。

不料，母親回答，「怎麼有這麼懶的孩子，只要五分鐘的時間，就可以把球根埋在泥土裡。怎麼讓它在冰箱裡睡了一年？」

真的是懶嗎？還是負心？

一九九七年春天，坐在「波斯人餐館」裡，吃午餐。從窗口看見波特蘭市的街道上，行人樹下開滿了萬紫千紅的鬱金香。讓我那頓飯，吃得既優雅又暢快。

餐館裡的女服務員，指著窗外一朵鬱金香說，「紫黑色的鬱金香最值錢了。但是，在伊朗，橘黃色的鬱金香是最令人喜愛的。」

在波特蘭市出生長大的餐館女服務員，曾在伊朗的親戚家住過幾年。她告訴我，伊朗的春天，四處可見鬱金香。她還說伊朗的鬱金香有著最明亮的色彩，可能是因為生長在原產地的關係。

「我一直以為土耳其是鬱金香的原產地。」我脫口而出。

「伊朗才是鬱金香的原產地！」她的表情有點兒激動。吸了口氣，大大的眼珠子，在眼眶裡轉了一圈，

「是不是土其耳人告訴你的？」她懷疑的問著我。

我沈默的點點頭兒。

「我就知道。」像是逮到賊似的，餐館女服務員露出得意的神情。

「土耳其人老是忘記，先有波斯王國，然後才有奧圖曼帝國。奧圖曼帝國的鬱金香是來自波斯的。」她繼續說著。

「波斯人餐館」的女服務員，讓我想起了在波特蘭州立大學選修國際關係這堂課時，所認識的一位來自浙江的女學生。她曾在課堂上與一位來自日本大阪的男學生，面紅耳赤的爭辯著：

「Origami（日本摺紙藝術）的原產地是中國！」

有些人，對於所謂的原產地，有著十分強烈執著的情感。至於荷蘭，大夥兒心知肚明，他們與原產地搭不上線，因此，聰明的荷蘭人不談過去，只把重點放在現在與未來。

在奧勒岡州的一個小鎮，也喜歡把過去拿來大做文章。不過，那只是不遠的過去。

為了紀念荷蘭移民在奧勒岡州落地生根，自一九八六年起，奧勒岡州的伍本小鎮（Woodburn），每年四月，舉行盛大的鬱金香節慶。十六畝大的鬱金香花海，實現了徐志摩所謂的，數大便是美的理論。

站在花海中，無論從哪個角度看去，都是美，美不勝收。

但是，這裡的美，美得很熱鬧，美得很吵雜。吵得讓你幾乎忘了鬱金香的存在。

不知道是什麼原因，在鬱金香花海中，杵著一輛美國國產的John Deer的拖曳機，十分突兀。花海的另一旁，則是各式遊樂器，有摩天巨輪，高空彈簧跳。還有販賣許多手工藝品的攤位。遊客們大口咬著熱狗，喝著檸檬汁，有的人手中握著孩子的小手，有的人則是拉著狗兒，擠來擠去的賞花。

相較之下，荷蘭的庫肯霍夫公園顯得安靜許多，雖然還是充滿了很多旅客，但是還算輕聲細語，不吵不鬧。

我那想念鬱金香的心情，隨著記憶的隧道，延伸而去，最後，終於停落在伊斯坦堡，索菲亞清真寺附近的那一小片鬱金香花圃，那裡沒有滯留的觀光客，沒有吵雜的鬧聲，只有我和鬱金香。

我懷念那片小花圃的平凡美，沒有繽紛喧嘩的節慶來造勢，沒有國際著名的公園來助陣。它只是路邊的一小片花田，小得可以放進眼眶裡，停泊在腦海裡，握在手心裡，跟著我走，走在生活的旅程裡。它是我的第一朵鬱金香，我永遠的鬱金香。

一直到住進屬於自己的房子後，才有機會親自種下鬱金香。在一個落著秋雨，刮著秋風的午後，我把從花市買來的鬱金香球根，一顆顆種在前後院子裡。當時的感覺，不是如願以償。而是，如釋重負。

我終於種下了我的第一朵鬱金香。

波特蘭的冬天，始終是漫長的，再加上等待鬱金香開花的期待心情，那年的冬天，真是破紀錄的長久。春天似乎迷了路，永遠找不到我家院子。

三月下旬的一個上午，女兒興沖沖的從院子裡跑進來。指著外頭，大聲的說，「媽媽，我看見你的鬱金香了。」

我們母女倆興奮的跑到院子裡。女兒指著菩提樹下的花莖，六株綠色的莖幹，伴隨著兩片大綠葉，驕傲的站在一片被寒冬摧毀過的花圃裡。雖然，還看不到盛開的花朵，我和女兒已經開始預言，這將是一片鮮黃亮麗的鬱金香小花田。

但是，瑞克提醒我們，那些鬱金香可能不是我所種的鬱金香，而是前屋主所種的。

莫非白白的高興了一場。

幾星期後，院子裡前後左右陸續出現了鬱金香的倩影。一朵又一朵，既圓又方的花朵，向著總是擠滿灰雲的天空，伸長而去，朝著躲在雲層後的太陽微笑。同時，散發著一種只有從孩子眼睛裡才看得見的明亮光彩。

慢活的日子，每天都是數花和賞花的日子。前後左右，數一數，有近三十朵鬱金香，有紫有紅，還有金黃色和橘色，以及鮮嫩的粉紅色。

但是，我一直納悶著；哪一朵才是我的第一朵鬱金香呢？

莫非我把自己的第一朵鬱金香，遺落在波特蘭的花園裡。

記憶的翅膀，向著心海裡的難忘情懷，一路飛去。最後，停落在伊斯坦堡索菲亞清真寺附近的那一小片鬱金香花圃。

剎那間，記憶中的景象活了起來，心也跟著溫暖了起來，我找到了我的第一朵鬱金香。

到處有水喝

曾經走在路上，一時口渴，忙著找水喝。結果總是找不到。最後，心不甘情不願的，在一間看起來令人懷疑的小商店裡，花錢買瓶水。但是，一下子又無法把整瓶水喝完，想丟掉，卻擔心過一會兒，又口渴，帶著走，又覺得很麻煩。

童年的記憶裡，總是有一壺水，站在角落，等待找水喝的路人。放在澎湖湖東村大廟裡的那壺又滿又重的大茶壺，永遠站在角落裡，像神明一樣重要的坐鎮著。當路人甲向阿祖要水喝時，我就會自告奮勇，跑進廟裡倒水，雙手端著一碗裝滿水的大碗公，很心急，但是，又得走很慢，把裝滿水的大碗公，遞給要水喝的路人甲。大口喝完水的路人甲，最後，總是開心的說，「謝謝你，好心的小妹妹。」

我總是為了自己的好心，高興一整天。

旅遊期間，經常拿著一張地圖，糊里糊塗的出門去玩。老是在迷路的節骨眼上，開始感到十分口渴。有的時侯，真希望自己不要為自己製造這麼多的麻煩。但是，自己老是不聽自己的勸告。在找路或是找水的同時，經常，又會碰見一些可遇而不可求的旅遊經驗，一種因禍得福的感覺，油然而生，最後，竟然慶幸自己迷路又口渴。矛盾的心情，讓自己不知道該如何向自己解釋。

在耶路撒冷舊城內，迷宮式的巷弄小道裡，看見兩個小男孩趴在地上玩玻璃彈珠，純真的童稚，讓當時急著找路和忙著找水喝的我，心情放鬆了起來，也幾乎忘了這座城市，三不五時所發生的爆炸事件。放鬆的心情，也舒解當時找水喝的生理需求，和找出路的緊張情緒。在迷路的時侯找水喝，總是讓我想起人生旅途中許多可能面對的抉擇。最後，我總是樂觀的自我安慰，還好，我只是得決定，應該先找路呢？還是先找水喝？而不是得決定，應該嫁給愛我的人呢？還是嫁給我愛的人？

在人生地不熟的地方，買瓶水喝，有的時侯，不僅得走段冤枉路，同時還得花點兒冤枉錢。在前往伊斯坦堡卡帕利大市集的途中，因為好奇，然後，就不按著地圖走，接著，迷路了。在找出路的同時，開始感到口渴。然後，愈走愈渴。比手畫腳的問人，哪裡有賣水的，左轉右拐的走了好多冤枉路，終於在一面大石牆下，向賣旅遊紀念品的路邊攤，買了一瓶好貴的水。扭開瓶蓋的同時，發現水瓶的蓋子早就被扭開過。口渴的握著一瓶不敢喝的水，整個身子像是被脫水劑吸乾似。終於，看見賣土耳其茶的小販，喝下了一杯甜得不能再甜的土耳其紅茶後，竟然覺得更渴。

小時侯，每次全家出門玩去，爸爸的肩上，總是背著個大水壺。一家大小，從來沒有在旅途中口渴過。更重要的是，也從來沒有因為口渴，走過冤枉路，或是，花過冤枉錢。

長大後，就不是一樣的故事了。在吉隆坡市，買了好大一瓶水喝，因為那瓶好大的水，是那間商店所賣的最小瓶的水。然後，還得帶著那瓶好大的水，暢遊吉隆坡市。當朋友問我，旅遊的心得，我只記得玩得手好酸。因為，得攜帶那瓶好大的水。

尋找一個到處有水的地方，成為我心目中，理想旅遊景點的第一個條件。

一九九五年冬天，來到美國奧勒岡州的波特蘭市，參觀查詢波特蘭市州立大學（PSU）的課程。記得當時走在市區的街道上，邊走邊看，又口渴了起來。在前往星巴克咖啡店的路上，看見許多路人甲和路人乙，隨意停下腳步，優雅的站在行人道上喝起水來，他們大方的彎著腰，大口的暢飲著從噴泉口流出的飲用水。那種瀟灑自在喝水的態度，讓我感到十分的羨慕。

於是，我也停在百老匯街上的一座自動噴泉飲水器旁，模仿著那些喝水的路人甲和路人乙，大方的彎著腰，大口的喝著水。很小心的把從噴泉口流出的飲用水，一次一口，喝進肚子裡。然後，一股沁涼清爽的水注，從喉頭一路暢流至我的心坎裡。那是我第一次體驗到，到處有水喝的便利。第一次發現波特蘭的美麗。

接著，我開始跟路人甲或路人乙，在波特蘭市區，走走停停，彎下腰，在路邊喝起水來。喝來喝去，終於想起了一個問題，我在路上喝的那些水，是從哪兒來？

為什麼這麼好喝？

難道真的是因為免費，才覺得喝起來特別清涼爽口嗎？

我又走回到百老匯街的先民廣場，進入旅遊中心，試圖一解心中的疑問。旅遊中心的義工老伯，很興奮的對我說了一大堆有關波特蘭市飲用水源的歷史。當時，我大概只聽懂了一半。

接著，義工老伯拉著我的手，推開旅遊中心的玻璃門，指著前面的高樓說，波特蘭的水，來自終年積雪的胡德山的雪水，天然純淨而且甘甜。我很困惑的看著眼前的高樓，然後問，「胡雪山在哪裡呢？」

「就在那裡。」義工老伯用手向我眼前的高樓又指了一下。

「那裡沒有山，我只看見一棟棟的高樓。」我又說了一次。

「哦！山被高樓擋住了。」義工老伯回答。

我當時想著，這位老伯一定很愛這座名叫胡德的山。不論看得見或看不見，胡德山永遠站在它應該站的地方。

住在波特蘭的第一年，有好多事值得觀察與體驗。其中最吸引我的，正是那些自動噴泉飲水器。它不僅為路人提供到處有水喝的基本需求，同時也減少使用保特瓶的數量。想想看，如果每位路人，都因為口渴買水喝，隨手丟棄的保特瓶和塑膠杯會有多少啊！另外，我還發現這些噴泉飲水池，設計的很巧妙；從噴泉池口自動湧出的水注，會流回到噴泉池內，再循環的從噴泉口湧出，循環不斷，一滴水也沒有浪費到。

成為波特蘭居民後，逐漸明白波特蘭人對當地天然純淨的飲用水的驕傲與固執。波特蘭市是全美國唯一一座都會城市，拒絕在飲用水源裡，添加保護牙齒的氟化劑。五十年來，波特蘭人公投拒絕了四次。就連保護牙齒的氟化劑，也被波特蘭人視為污染天然雪水的化學劑。

駐立在波特蘭街道上的噴泉飲水器，造型古典優雅。有著青銅色的外表，每個飲水器有四個獨立伸展而開的大碗形噴水池，只要稍微彎個腰，低著頭，就可以喝到從碗面狀的水池中心，泉湧而出的飲用水。這些造型獨特的飲水噴泉池，又被波特蘭人稱為，班森飲水池（Benson Bubblers）。

一九一二年，波特蘭當地富商班森，捐給波特蘭市政府一萬美元，請來當地著名的建築師道爾（A・E・Doyle），設計興建了二十座免費飲水噴池，分布在市區街道上，為路人提供到處有水喝的便利性。

到處有水喝，減少塑膠水瓶污染生態環境。從此成了波特蘭市驕傲的象徵。同時也成為這座城市慢活文化的特色。

市政府接著陸續增建四碗式飲水噴泉池，直到一九七〇年代，班森家族要求市政府不再增建班森飲水池，以保持班森飲水池原始獨特的歷史價值。

目前波特蘭市內有五十二座四碗式班森飲水池，其中只有十八座是建於一九一二年的第一代噴泉飲水池。之後，波特蘭市還增設了七十四座單碗式的飲水噴泉池，分散在街頭巷弄，耐心的等待口渴的路人甲或路人乙。

以環保施政聞名全美的波特蘭市，於二〇〇〇年為所有的噴泉飲水池，加設了定時器。噴泉飲水池從早上六點開始泉湧而出，晚上十一點自動關閉，以響應節約全球飲用水的觀念。

根據波特蘭市旅遊局的資料，當年班森之所以捐款興建飲水噴池，是因為他所顧用的代木工人，午飯休息之後，開始上班時，總是出狀況，不時有人不小心受了傷。後來，班森親自到伐木廠察看，才發現用完午飯的伐木工人們，個個酒氣沖天。原來，當時在伐木廠旁，不僅找不到水喝，同時飲用水賣得比酒還貴。因此，吃過午飯的工人，寧願買酒喝以解渴。知道詳情後，班森有感而發，捐錢興建二十座噴泉式飲水器。這些免費飲水器，不僅讓伐木工人有著清楚的頭腦上班，同時也施惠給過路的行人。

女兒四歲那年，第一次帶她回台灣。那一次的旅途中，女兒第一次拿香拜祖先。第一次吃粽子。第一次看見蚊子，第一次被蚊子咬。第一次在路上找不到水喝。

在台北從捷運站走出來後，一路上邊走邊找水喝。最後，在一間便利商店，買了一瓶水，她喝了五口後，把整瓶水遞給我。一手拉著女兒的小手，一手握著女兒的水瓶。走沒幾步，又渴了，停下來喝口水。然後，女兒竟然抱怨，一直被我握在手上的水，不涼，不好喝。

那個時侯，我突然好想念波特蘭路上的飲水噴泉，還有，永遠沁涼的胡德山天然雪水。那些被埋在地裡的水管，循環不斷的提供永遠沁涼的天然雪水。為走在夏日炎陽下的路人，播散著生活中最簡單的快樂，旅程中最原味的幸福。

在社區圖書館旁，設有一座單碗式噴泉飲水池。自從在台北體會過第一次找不到水喝的經驗，女兒在進圖書館前，先跑到噴水池，喝了一口水。從圖書館走出來後，又跑去喝了一口水，才肯離開。我問她：「你口渴嗎？」

「沒有呀！」女兒回答。

「那你為什麼跑去喝水呢？」我再問她。

「我沒有喝水。我是給它一個親親。」女兒說。

「為什麼給飲水池一個親親呢？」我好奇的等著答案。

「因為我愛它。它從來沒有讓我口渴過。」

然後，我想起小時侯，也有這麼一壺水，永遠站在角落裡，痴情地等著到處找水喝的人，隨時準備播散最簡單的快樂，最原味的幸福。

老櫻樹

從飯廳的窗口望去，看見父親站在院子裡的停車道上，抬著頭看著院子裡的老櫻樹。五月底的櫻花樹，不見櫻花，只見綠葉。綠油油的嫩葉，不小心被躲在雲層裡的春光親了一下，就會發出鑽石般的閃爍光亮。父親看了好久，才慢慢走向它，伸出手，在老櫻樹粗糙不平的大樹幹上輕輕摸了摸。然後慢慢的在樹下，走過來，又走過去。看起來，像是一個巡迴站崗的士兵。

父親走進廚房，給自己倒了杯水喝。然後，走到飯廳裡，看著窗外的那棵老櫻樹，說：「好大一棵樹，有上百歲吧！」

隔壁的房子和我家的房子都已愈百齡，但是我不知道站在院子裡的老櫻樹，是否也有著相同的年紀。

「應該是先有樹才有房子，否則樹長不了像現在這般的高大模樣。」父親很肯定的說。還是望著窗口外的它。

「開花嗎？」父親問。

「大概四月中旬到四月底這段時間開花。花期不長，波特蘭的春天，又是風，又是雨。母親節來臨之前，幾乎所有的櫻花都凋謝了。」我和父親一起站在飯廳裡，望著窗外的老櫻樹。

「開花的時侯一定很美。」父親說。

「整棵樹像一棟用白色櫻花蓋成的樓房，很壯觀。但是，清掃凋落在停車道上的櫻花，就一點兒也不美了。」我正打算開始抱怨清掃落花的苦處，父親轉頭看著我說，

「好樹！」

在我的童年記憶裡，也有一棵好樹！

小時侯住在澎湖，只要一逮著機會，我就會跟著阿公，叔公，或姑婆到通樑去拜訪老榕樹，大人們在保安宮裡拜拜，我就在榕樹下站著，試著把那些垂到地面的老榕樹氣根數個清楚。但是總是愈數愈糊塗。站在像把大傘似的老榕樹下，遮陽蔭涼，不管跑得多快，跳得多高，都不會熱得臉頰紅脹，也沒有汗流浹背。老榕樹，是童年中的一棵好樹。

二○○二年與瑞克返回澎湖，同行的還有母親，四姑婆，二弟和二弟妹。我們的澎湖之旅，除了觀光，還有探親。到秋綠姨媽家吃午飯，與表姐妹，姪女和姪子，見面聊天。同時，得到湖東村的聖帝廟拜拜。

「因為廟裡的神明，每天看著你長大，看了六，七年。難得回來，應該去拜一下，才不會覺得不好意思。」母親對我說。

「可不可以去通樑？」我問母親。

「好，好，去保安宮拜拜，保平安。」母親很贊同。

到了保安宮後，瑞克和我在老榕樹下，走過來又走過去。三百多歲的老樹，看來依舊青蔥壯健。看著盤纏的老枝幹，錯綜複雜，結構成各式不同的抽象圖騰。忽然覺得，人生中的謎題，就藏在這裡。再向四周仔細打量一番，卻找不到答案。

謎題，老是與你面對面。謎底，總是消失在眼前。

幾個特別壯大的樹幹上，繫著紅色彩帶，顯現出一股祥和的尊嚴。被人工木架保護支撐著的氣根隧道，懸掛著一排一排的紅燈籠，走在紅燈籠下，喜氣洋洋。我開始與瑞克分享記憶中的童年樂趣。通樑老榕樹，也在那一瞬間，由童年的記憶，走進我和瑞克的生活旅遊經驗。

一天上午，父親又站在院子裡的停車道上，抬頭看著老櫻樹，然後，走進廚房，給自己倒了杯水喝。最後，走到飯廳裡，看著窗外的那棵老櫻樹，說，

「我真喜歡這些高大的樹木。」

我看得出來他喜歡這些樹，因為，我也一直對樹情有獨鍾。雖然，我也愛花，但是有限的花期和冬天的缺席，始終無法伴隨我，歷經四季的變遷。因此，會開花的樹，成了我心目中最偉大的植物。

當初挑選房子的時侯，院子裡有一棵會開花的大樹，是找房子的重點。另外，受到朋友與左鄰右舍的影響，讓我相信與樹一起過日子，是練習過慢生活的最好方式。

「大自然其實是很難擁抱的，但是，你可以輕而易舉的擁抱一棵樹。」一位朋友對我說。

「樹是慢活日子裡的月曆，幫助你感受到季節的轉換，幫助你與大自然溝通。」另一位朋友說。

與樹過日子的夢想實現後，發現真實生活與夢想的差異實在很大。

我發現，大樹在慢活的日子裡，原來不是用來欣賞和擁抱的，而是用來勞動的。

每年我得掃那些掃不完的落花與落葉。然後，每隔一年就得花錢請老樹專家，來為大樹做健康檢查，修剪枝幹，以免未來的某年某月的某一天，老櫻樹病倒，把我家的屋頂壓垮。同時，我們還得付比較貴的房屋保險費。

這些花錢耗力費時的細節，從來沒有出現在擁有一棵樹的夢想中。

女兒喜歡和爺爺站在老櫻樹下，一老一少，走過來，走過去。有時侯，爺孫兩人，專心看著松鼠，在樹上繞著圈了跑。一天，忽然一串尚未成熟的櫻桃，被松鼠弄斷，從樹枝上掉了下來。父親眼明手快的彎下腰，拾起了那串來不及成熟的櫻桃。進屋後，興高采烈的對我說，「老櫻樹結果實了，成熟後，可以摘來吃。」

「院子裡的老櫻樹，一直沒有被栽培成果樹，所以才會長得比三層樓房還高，所以，長出來的櫻桃，不甜，不好吃。」我對父親說。

父親手上緊緊握著那串等待成熟的櫻桃，懷疑的看著我。

一個微涼的春末上午，父親和母親在老櫻樹下散步。一陣涼風呼呼吹過，沙沙作響的拂掠過老櫻樹結滿櫻桃的沉重枝幹。母親抬頭，看了看老櫻樹，然後對著我說：「秋天來的時侯，你可有著掃不完的落葉。」

雖然我堅信慢生活的日子可以促進身心健康，可以保護珍貴的人文資產和生活品質。但是，偶爾還是會在過慢活日子的過程中抱怨，尤其是勞動期間。因此，逮著了機會，我又開始抱怨老櫻樹帶給我的麻煩。秋天掃落葉，得掃好幾個星期，腰酸還沒復原，背又開始痛了。春天賞完櫻花後，又得掃落花。落花掃完後，緊接著得清掃掉落的花梗。然後，夏末時節，得掃掉落的成熟櫻桃，一串串摔落在停車道上的櫻桃，又黏又重，得用很大的力氣才掃得乾淨。另外，成熟櫻桃所散發的酸果糖漿的味道，充滿了整個院子，……。

我的牢騷還沒說完，父母親倆人，竟然，不約而同的對著我，大笑了起來。

「它站在這裡，給你遮陽擋雨，春天開花給你欣賞，夏天結果給你吃。你幫它掃一下落花和落葉是應該的。」母親說。

當媽當了快五十年，母親完全了解犧牲與奉獻的真諦。

「可惜，我們不能把它帶回台灣。家裡長著這麼好的一棵樹，是福氣。」母親對著老櫻樹說。

五月天裡的櫻花樹，不見櫻花，只見綠葉。綠油油的嫩葉，不小心被躲在雲層裡的春光親了一下，就會發出鑽石般的閃爍光亮。一天，女兒拿著粉筆在停車道上畫呀畫，最後玩起了跳格子。跳呀跳，然後我聽見她跌跤的哭聲。

「這塊地怎麼凸起來，害我摔跤。」女兒邊哭邊說。

我看了看，才明白被壓在水泥停車道下的老櫻樹的樹根，愈長愈大，終於，推動了旁邊的停車道，把原來平坦的車道，堆擠得凹凸不平。我試著解釋給女兒聽。接著，悲觀的想著，又得花錢請人來解決這個問題，否則，樹根持續堆動，早晚會傷到房子的地基。就在這個時侯，忽然，聽見女兒笑了起來，淚水還在她的臉頰上滑動，她歡呼的重複著說，「老櫻樹是活的！老櫻樹是活的！」

她站在樹下，抬頭看了好久，才慢慢走向它，伸出手，在老櫻樹粗糙不平的大樹幹上，輕輕摸了摸。然後，慢慢的在樹下，走過來，又走過去。看起來，像是一個巡迴站崗的士兵。

與老櫻樹一起過了八年的慢活日子，一天，收到老樹專家的檢查報告，老櫻樹生病了，有兩根大枝幹得立即切除。但是，真正的壞消息是，這兩根大樹幹除去後，傷口太大，難以復原痊癒。我們掙扎了很久，最後決定先切除病得比較嚴重的那一根樹幹，然後再視情況做決定。

過了半年，收到隔壁鄰居的信函，告知我們，老櫻樹的樹根推擠到他們家地下室的水管和牆壁。如果我們不處理這個問題，我們將得賠償他們修護房屋的費用。接著，老樹專家的健康檢查報告又傳來了壞消息。老櫻樹的傷口復原狀況不佳，然後，又有一根樹根受到病毒感染。

二〇一四年入冬之前，我們對老櫻樹說再見。那天，又是風又是雨，瑞克上班，女兒上學。只有我和老櫻樹在家。砍樹專家建議我離開，免得觸景傷情。我站在風雨中，看著他們砍下一根大樹幹後，低頭離開了現場。

失去了一棵樹，像是掉了一塊肉。心疼！

慢活中的新鮮事

猴急迎夏慢板曲

雖然月曆上寫著六月二十三日才正式進入夏天，波特蘭的居民，早在一個月前，開始醞釀迎接夏天的心情。這種等不及的態度，在慢活的日子裡唱出了一段充滿新鮮事的猴急慢板曲。

整個社區從好冷，好靜，好多雨的冬眠中甦醒。左鄰右舍開始出現在自家的前院或後院，不時與鄰居相互點頭微笑，寒喧問好。經過了兩百多天的雨季，波特蘭人早已做好了心理準備，急著甩掉綿綿雨絲的糾纏。兩百多天的雨季，為波特蘭市帶來詭異的都市風格，它緩和了整座城市本來就是慢半拍的生活步調，卻也加促了當地人猴急迎夏的心情。在這座每一天都是慢活日子的城市裡，等待夏天，成了一首家戶喻曉的猴急慢板曲。

猴急慢板曲，揭露了許多人家隱藏了一個冬天的秘密。緊關了一個冬天的門窗，在猴急的心態下被打開來。許多秘密也跟著洩露了出來。有的人家，家裡變得熱鬧許多，因為，多添了個小寶寶。有的人家，家裡增加了不少鬧聲，因為，才從動物收容所，領養了一隻狗。有的人家，家裡反而安靜了起來，因為，夫妻協議離婚，太太帶著孩子，孩子帶著天竺鼠，搬走了。曾經發生的事，已經成為過去的事實。一步一步慢慢走過兩百多個陰雨天，心，不再對過去流連忘返。現在的心，是等待天晴的心。猴急的準備在充滿陽光的新日子，一天，一天，慢慢過。

慢慢過了兩百多天的冷風冷雨，社區裡的孩子們，終於脫下了身上所穿的雪絨外套，丟下戴著的毛線帽和手套，絲毫不畏還是有點兒寒的春風，一點兒也不在意繼續飄落的春雨。孩子們一個一個在行人道上，玩起了滑板車，叮咚叮噹的吵鬧聲，打斷了兩隻正在練習合唱的烏鴉。然後，總是會有一個或兩個眼亮的孩子，指著別人家的前院屋角，對著正在專心築巢的知更鳥，驚喜的喊著，「鳥巢！」興奮的心情，真正想說的是，「終於不用再穿大外套了。」

行人道上的高樹，在光枯枯的樹枝上，逐漸伸展出鮮綠的嫩葉。種滿鮮花的行人道旁，一塊被遺忘的巴掌大的土地，專心期待野花和野草的光臨。幾朵野雛菊，強奪先機，霸佔著許多人家院子裡的黃金地段，朵朵鮮麗明亮的小黃花，對著過往的腳步，前後搖曳，讓人不忍心喊它野花。行人道上的野花開了，院子裡的春花也緊隨著綻放，有花粉熱症狀的人，開始在波特蘭市的社區裡，不停地打起了噴嚏。

我從來不喜歡開車，因為開車時，只能向前看，不能東張西望。我向來喜歡東張西望，因此，搭乘公共交通設施是家在波特蘭二十年來的交通方式。慢生活的特色是，使用公共交通運輸系統，因為可以減少空氣污染，協助平衡當地生態，同時暢通當地的交通狀況。慢活城市波特蘭有著全美國最完善的公共交通設施。小小的城市內，充滿了公車，電軌車和街車，十分便利。

曾經，每天搭乘公車上學。然後，搭公車上班。現在，送女兒上學後，搭乘公車到位於市區的健身房游泳。五月天，坐在前往市區的公車內，總是會遇見一個或兩個猴急迎夏的波特蘭人，性急的打開關得緊緊的公車車窗。這些車窗，關了兩百多個日子，一下子張開大口，讓坐在公車內的乘客，莫名其妙的興奮了起來。一個個笑容，綻放在乘客甲和乘客乙的臉上。接著，乘客丙也忍不住地微笑了起來。但是，不到五分鐘，公車內的乘客，開始哆嗦著，臉頰上的微笑變成了強顏歡笑。公車上的乘客，逐漸明白，從窗外吹來的春風和偶爾飄來的春雨，其實還是很冷的。最後，會有一個或是兩個勇於面對現實的人，碰的一聲，把公車車窗關上，行駛在波特蘭市的公車，只好猴急地慢慢等，等著夏天的真正到來。

美國西北岸的氣侯，受到太平洋氣流和來自阿拉斯加冷氣團的強烈影響，經常出現不按牌理出牌的異常現象。波特蘭市的五月，平均氣溫為攝氏十五度，但是，阿拉斯加冷氣團，偶爾喜歡在春天南下拜訪。寒風加冷雨，春末的氣溫，可以冷到攝氏四度或五度。這樣的氣侯，總是讓波特蘭人覺得，今年的春天，又迷路了。家家戶戶嘀咕的再把才放進衣櫃裡的雪衣外套拿出來，穿個幾天。經常，走在路上，看見路人甲或路人乙，穿著印花短袖和短褲或短裙，以人定勝天的幻想力做為精神指標，一步一步慢慢走在冷颼颼的春風春雨裡，耐心的與阿拉斯加冷氣團對抗，猴急迎夏的心情，充滿了痴心和毅力。

春天是戶外野餐的季節。因為，春天的嫩草，油綠柔軟，坐起來不扎皮膚，最舒服。因為，春天的花最美，讓人忍不住的想坐在旁邊，大口咬著火腿三明治。因為，春天的陽光和煦溫暖，曬起來可舒服，沒有燥氣，也不灼燙。但是，只有勇於冒險的波特蘭人，才會在春天野餐。家在波特蘭，秋雨下完，冬雨下。冬雨下完，春雨下。春雨可以自得其樂的一直滴到六月底。大部分的美國居民在過完五月最後一個星期一的戰士陣亡紀念日（Memorial Day），就開始迎接戶外野餐烤肉的季節。但是，在波特蘭市，得慢慢等到七月四日美國國慶日過後才開始戶外野餐的季節。雖然猴急，還是得一天一天慢慢等。

我也曾經當過猴急迎夏的人。第一年的慢活日子，由於經驗不足，修行不夠，好辛苦的撐過了雨季，在灰了超過半年的天空裡，看見一小塊淡淡的藍色，便十分興奮的從窗口旁，樂觀的跳了起來。窗外的那一小塊藍天，讓我的血液沸騰，情緒激動。沒多久，就餓了起來。我們開始打電話約朋友到公園野餐。幾位頭腦比較清楚的朋友，在電話那頭兒對我們說，才五月，草坪應該還是溼的吧？幾個容易悲觀的朋友，則是在電話那頭兒，對我們警告的說，等一下應該會下雨吧？

但是，天空裡出現了藍天，一小塊的藍天。小得可以煽動心中的烈火。猴急迎夏的人，是固執的，是難以說服的。

終於，一個前一晚沒睡好的朋友，還有兩個喜歡冒險的朋友，決定和我們一起到華盛頓公園裡的越戰紀念碑旁的草地上野餐。我們在草地上舖起了薄薄的毯子，兩條法國麵包，奧勒岡州當地土產的切達起司放一旁。蘋果和葡萄則放在另一邊。我們一夥兒五人，有人拿著鮪魚沙拉三明治，有的吃著雞肉沙拉，坐在一小塊藍色的天空下，猴急的慢慢享用這一年的第一個戶外野餐。

接著，前一晚沒睡好的朋友懷疑的說，他的褲子好像濕了。我們告訴他，因為草地還是濕的。然後，我開始冷了起來。灰褐色的雲朵，一下子擠滿了那一小塊藍色的天空。就在五月的春雨，滂沱而下之前，我們急忙把沒吃完的三明治，丟進竹籃裡。邊跑邊跳的擠進朋友的車裡。朋友關起車窗，開起了暖氣，。我們五人濕著褲底，坐在車內，把沒吃完的三明治，水果和沙拉，吃得一乾二淨。

哼著猴急迎夏慢板曲的波特蘭人，喜歡在電線桿上留下他們的痕跡。在電線桿上釘貼著車庫大拍賣的告示。每年春末時節，總是會有幾戶猴急的人家，悄悄的加速慢板曲，等不及夏天的正式報到，寧願冒著被說來就來的春雨所突襲，任性的打開車庫大門，吆喝起車庫大拍賣。

或許，慢板曲唱得太久了，決定轉唱迎夏進行曲，甘願與老天爺打個賭，趁著當前沒下雨，擺出五花八門的家當，等待有緣人上門採購。每年五月天，總是會有幾戶猴急的人家，慘遭傾盆春雨的突襲。那些來不及避雨的拍賣家居舊貨，則從拍賣品變成免費物品，溼淋淋地攤在車庫前，任人撿拾。

騎單車去買菜或是走路去買菜也是慢活日子的特色。經常，我熬不過猴急情緒的捉弄，春雨一停，就興沖沖，慢慢地騎著單車去買菜。回家途中，春雨嘩啦而下，竹籃裡的蔬菜水果，被春雨淋得色澤十分鮮美。但是，衛生紙可不一樣。一捲一捲的衛生紙被淋溼後，像是畢卡索的女人雕像。

波特蘭市立小學有一項很奇怪的規定；家長必須在學校放置一套孩子的衣服。起初不懂，只是聽話行事。後來，明白了。

一個五月天，到學校接女兒回家，發現她頭髮半乾半溼，穿著我為她留在學校裡的那一套衣服。其他的孩子就跟她一樣，都換了衣服。還沒開口問，唸一年級的她，好興奮的嘰嘰呱呱說了起來，

「我們到公園上自然課，坐在溼溼的草地上畫畫。然後，下起雨來，全班都淋溼了。好好玩！」女兒一邊說一邊笑，頭髮上的雨水也一邊滴了下來。

一星期後的某一天，到學校去接女兒回家，又看見她們全班，頭髮半乾半溼的，已經換上乾淨的衣服，一臉興奮的坐在教室裡的地毯上，等著父母親。

一位母親終於忍不住的問老師，「今年戶外教學的課程好像提前了些，是嗎？」

老師笑著回答，「是的。因為，不想再等了。」猴急迎夏的心情，讓放學回家的孩子，邊說邊笑，頭髮上的雨水也慢慢地一邊滴了下來。

家在波特蘭二十年，終於明白波特蘭人猴急迎夏的心情。波特蘭市一年有兩百二十二個雨天，夏天，是一年中的乾季，對波特蘭人來說，夏天，是十分珍貴的。為著生活中十分珍貴的事，猴急冒險，是應該的。

波特蘭的一年就只有三個月長的乾季，就只有這三個月，可以看見太陽仍然存在。天空其實是藍色的。溫暖的太陽光，讓波特蘭人領悟到，漫長的等待，是擁有的必經過程。

溫暖的陽光，不僅讓萬物生長，也在波特蘭的慢活日子裡，創造了許多新鮮事，在吟唱迎夏慢板曲的過程中，難免會出現一個或兩個猴急的波特蘭人，做出幾件讓人目瞪口呆的新鮮事。

家在波特蘭的社區，正是勞倫赫斯特公園（Laurelhurst Park）的所在區。在公園裡，經常可以看見有人光著腳丫子，站在還有點兒溼的草地上，低著頭，痴痴的等，等著天上那朵遮蔽太陽的雲朵，輕挪蓮步。低著頭，痴痴的等，當天上那朵遮蔽太陽的雲朵，終於慢慢的移開，金黃色的太陽光束，為灰濛濛的天空，彩繪出一小塊的寶藍色。金碧輝煌的光彩，直灑而下，穿越枝椏嫩葉，說時遲那時快，痴痴等的人，頭一抬，嘴一張，對準金碧輝煌的太陽光束，舌頭一伸，迎個正著。無論已經等了多久，也不管還要再等多久，逮著了機會，先讓舌頭嚐嚐陽光的滋味。

這種兼具等待的毅力與猴急行為的複雜人性，必須同時先具備，成熟睿智的耐心，無怨無悔的痴心，還有天真無邪的童心。三心合一，缺一不可，正是波特蘭猴急迎戛慢板曲的最佳寫照。曾經以為這種極具高難度的複雜心性，只存在中國的武俠世界中。在波特蘭的慢活日子裡，我發現原來這類奇葩，也存於老外的世界裡。

裸體騎士

每年六月的某一天，會有近上萬名的單車騎士，赤裸著身體，騎著腳踏車，經過我家門前。

有的鐵馬騎士，將自己赤裸的身體，彩繪出一幅青蔥美麗的風景畫，胸前的一對乳房，成了兩座栩栩如生的巨峰。有的單車騎士，則把自己的身體當成佈告牌，用彩筆在背上寫著「和平（Peace）」，在屁股上寫著「愛（Love）」。有的騎士，作風傾向傳統保守，擠身在裸體單車的隊伍中，仍然堅持不露三點，不管是男或是女，穿上小得不能再小的比基尼，卻大大方方的露出彌樂佛的肚子。也有的單車騎士，既乾脆又實在，不彩不繪，絲毫不掛，與社會大眾袒誠相見。令人敬佩的是，這些裸體騎士，在享受裸體單車行的樂趣的同時，幾乎都沒有忘記，騎車得戴安全帽，真是奉公守法的好市民。

每年六月的某一天，會有近上萬名的單車騎士，赤裸著身體，騎著腳踏車，經過我家門前。這個六月的某一天，正是世界裸體單車日（World Naked Bike Ride，簡稱WNBR）。

這是一個由藝術家團體所組織的一項以集體裸體，抗議戰爭，抗議石油污染的環保活動。二〇〇四年，世界裸體單車日第一次舉行後，參與的城市從來自十個國家的二十八個城市，增加到二十多個國家，參與的城市多達七十多個。

近年來，騎腳踏車成為熱門的休閒活動。在波特蘭的慢活日子裡，騎腳踏車不只是假日的休閒活動，也是每天的交通活動。許多人訝異的得知，多雨的波特蘭市竟然是個單車城市。感謝慢活哲學的理念，波特蘭人努力過著健康與無污染的日子，以自行車做為每天的交通工具，不僅強健身體，同時不製造空氣污染，是實踐慢活日子的生活方式。為了鼓勵騎單車的生活方式，波特蘭街道上規劃有單車專用道。城市裡的單車店數量與咖啡店一樣多，歡迎騎士前來參觀相關商品，增進騎車舒適感，分享騎車心得。

與我一起晨泳的一位朋友曾說，在波特蘭這樣多雨的城市裡，騎單車上下班，是一種修行。每天日復一日的練習生活中的慢活功課，讓他的身體更強壯，精神更有毅力，心胸更寬闊。波特蘭的空氣也更清新。

我的慢活日子的交通工具是公車，因為市區的交通繁忙，讓我騎單車騎得心驚膽跳，而且又無法東張西望，減少許多旅程中的樂趣。

瑞克曾經每天騎單車上班，實踐波特蘭的慢活理念。但是十年前，工作地點換到了半小時車程以外的郊區，讓他不得不放棄騎單車上班的過活方式。但是，他並沒有放棄騎單車買菜的習慣。經常，我們一家三口，騎著單車去買菜，騎著單車上館子吃飯，如果到近一點兒的地方，女兒就會選擇騎滑板車。

單車城市波特蘭，是世界裸體單車日最忠實的會員，二〇〇四年，波特蘭單車團體，首次響應世界裸體單車日的活動。當時，只有上百位裸體騎士參加。近十年來，裸體騎士爆增至近萬人，是波特蘭市參與人數最多的一項單車活動。

世界裸體單車日，在夏至前後的週末舉行。夏至，是一年中有著最長的白天的日子。自古以來，世界各地，各民族，舉行各項節慶活動，以迎接一年中最長的白天。在英國，人們前往巨石陣（Stonehenge），耐心等待日出，以清淨心靈之名，迎接一年中最純淨明亮，同時也最長久的日光。

夏至，是人們慶祝一年中有著最長的日光的節日。但是，美國奧勒岡州的波特蘭市，則是慶祝一年中最短的黑夜。家在波特蘭的居民，耐心的等到夜晚十點鐘，然後，脫光衣服，騎上腳踏車，以維護環保之名，淋浴在一年之中最短的月光之夜。

在裸體單車日來臨的前幾天，當地報紙上開始出現各項有關裸體單車日的廣告。許多餐廳特地為裸體騎士們舉行午夜派對的慶功宴。有的餐廳則強調裸體前的快樂時光（Happy Hour）特價活動。

另外，自行車商也把握時機，刊登廣告，推銷最時髦流行的單車配件。追求時尚的騎士，會為自己的愛車，換上最新款的音樂小車鈴，在單車手把上，掛上最流行的螢光流蘇墜飾，或是在車輪上掛著閃閃發亮的螢光圈。

講究實際的騎士，為自己的愛車，換上較具彈性的單車座椅，以好讓自己赤裸的屁股，坐起來舒服些。兼具時尚與實際的騎士，會暫時忽略腳踏車的外形和赤裸的屁股，先把重點放在自己的頭上，精挑細選出一頂兼具安全與時髦的安全帽。至於追求時尚，注重整體造型的裸體騎士，總是在這個時侯，絞盡腦汁，該如何選擇一雙搭配裸體的鞋子，始終是一件極具挑戰性的任務。

最後，波特蘭市警察局公關發言人，會很慎重的對準備脫光衣服騎腳踏車的市民，再三交待，騎車要戴安全帽！

根據奧勒岡州的州法，十六歲以下的單車騎士，一定得戴安全帽才能上路。雖然州法並沒有明文規定，成人必須戴安全帽才能上路的條文，波特蘭市民似乎都能接受波特蘭市警局的宣導。

根據奧勒岡州的州法，在公共場所裸體，是合法的。只要裸體的目地是表達抗議的行為。但是，在裸體過程中，不可出現猥褻的動作。奧勒岡州州法把裸體視為一種表達個人言論自由的行為，因此，是合法的。

每年六月，波特蘭的慢活居民，秉持著環保的理念，抗議污染，宣揚和平，脫光衣服騎單車遊行，是合法的。但是，請戴安全帽。

肥皂箱車競賽

波特蘭市只有兩種季節型態，一個是眾所皆知的兩百多天的雨季，另一個則是；施工中。

城市中的許多工程，必須趕在夏季完成，因為三個月的夏天一結束，雨就開始下了起來， 下就下到明年夏天。因此，填馬路，埋水管，修電線，蓋房子的施工中的標誌，擠滿整個城市，提醒市民，這是一個施工中的季節。

除了施工中，基於相同的原因，波特蘭市的夏天，也擠滿了各式各樣的戶外活動。六月的活動包括有玫瑰花車遊行，裸體騎單車，同性戀彩紅尊嚴遊行，北歐仲夏節和有機啤酒節。七月的活動有，藍調音樂節。在拓荒者廣場上所舉行的沙雕競賽。郊區有蘇格蘭高地節慶，歡迎民眾參加各項傳統高地趣味競賽。在市區舉辦的法國巴士底獄節，邀請民眾品嚐各種法式乳酪和甜點，同時還可以為端著酒杯競走的餐廳侍者加油。

到了八月，有肥皂箱車競賽，國際啤酒節，和奧勒岡美食節。同時，波特蘭市的各個主要街道，也在夏季裡輪流舉辦街道節慶活動。露天音樂會，莎士比亞戲劇，會輪流在不同的市立公園內表演。市內各區也在不同的周日當天，舉行交通管制，只准腳踏車和行人通行，以好讓鄰近社區的人家，在大街上開派對。

在中國花園內，二胡演奏長達整個夏天。另外，戶外啤酒節則是從春天的最後一天喝到秋天的第一天，東南西北區，輪流暢飲。

這麼多的夏日活動中，肥皂箱車競賽（PDX Soapbox Derby）最能展現波特蘭慢生活的特色。每年八月中旬的一個星期六上午，熱愛賽車的另類騎士，帶著自己動手做的寶貝愛車，聚集在泰伯山公園（Mt. Tabor）。泰伯山公園是一座蓋在錐形山坡上的市立公園。它的環山道路為肥皂箱車提供了一處最理想的賽車車道。

肥皂箱車競賽於一九三四年首次於美國舉行。肥皂箱車的行車原理完全依賴地心引力，肥皂箱車內沒有加油引擎，只有駕駛方向盤和剎車設施。這種結合腦力與人力，發揮自己動手做的原創力，和拒絕汽油的環保賽車活動，在波特蘭這個以慢活和環保自豪的綠色城市裡，大受歡迎。

肥皂箱車初賽於上午十點鐘舉行，中午休息一小時，下午三點三十分再進行決賽。參賽的團體約有四十至五十個隊伍。參加競賽的隊伍，駕駛著自己設計製作的肥皂箱跑車，從泰伯山公園的山頂，一路順著環山下坡步道，以地心引力的原理，一路駛去。跑得最快的肥皂箱車，就是冠軍。

每年八月中旬的那個星期六上午，我們一家三口，九點鐘過後，提著野餐籃子，大手牽小手，慢慢沿著公園內賽車跑道的兩旁，邊走邊找空位。選好了位置，馬上鋪起野餐地毯，把塞滿水果，餅干和乳酪的竹籃放在地毯上，一家三口，坐在地毯上，耐心的與時間相處，等著肥皂箱車開賽。

觀看波特蘭肥皂箱車競賽，不須要有很多錢，因為是免費參觀的活動。但是，必須擁有很多時間，才能體驗這項活動的樂趣。參觀者經常花費半個小時，等待著參賽的車群以不到兩分鐘的時間，從眼前呼嘯而過。觀看這種沒有時間效率的運動競賽，必須具備慢活的生活態度，必須放慢步調過日子，千萬不可以把一天當兩大過。

在等待肥皂箱車競賽時，我領悟到；許多事悄悄地發生在等待的過程中。發現女兒所穿的涼鞋太小了，小小的腳指頭，靜悄悄的露出涼鞋的外頭。參與孩子的成長，是我的人生中最甜美的經驗。看見瑞克頭上的白髮，原來心目中年輕力壯的他，也會變老。發現幾前天因為在花園工作所引發的腰痛，竟然消失了。在人群間，無意間看見從前在孕婦瑜珈課中認識的朋友，兩人又驚又喜的交換媽媽經。忽然，聽見有人喊著我的名字，啊！曾經是我中文家教課裡的一位小學生，現在已經在唸高中了，一股莫名的成就感，油然而生。

等了半小時，女兒吃完了一盒藍莓，終於看見一位義工，邊跑邊對道路兩旁正在野餐的民眾喊著：「就要開賽了！在草地上坐好，不要亂跑。」然後，正在野餐的民眾得耐心的等著這位喊著開賽的義工跑完全程，抵達公園的山底處，賽車才會正式開始。這麼一等，又是半小時。

當我們聽見靠近山坡頂端的群眾歡呼喝采聲，我們知道第一組賽車開跑了。然後，輪到我們看見一輛用三合板搭建的紅色三輪車，車上坐著兩位身穿紅色大花襯衫的中年男子，頭上戴著安全帽，臉上戴著大紅的方形太陽眼鏡，向著下坡跑道直奔而來。後頭跟著一輛用保力龍板蓋成的四輪車，車內擠著三位身穿超人裝三角褲的肥胖男子。坐在跑道兩旁的觀眾，大聲歡呼了起來，不到一分鐘的時間，第一組賽車從我們的眼前飛逝而過。

接下來，又是等待。

等待著第一組賽車，安全抵達山下，確認下坡跑道完全無障礙後，第二組賽車才能開跑。

許多事發生在慢慢等待的過程中。看見女兒在畫紙上用彩色筆寫著，「我愛你」，三個方方正正的中文字。旁邊還畫了一個好大的心形圖案。看得我好為她高興。她練習了好久，終於記得怎麼寫這三個中文字。瑞克溫柔的在我的額頭上，留下好幾個親吻。提醒我，婚姻裡除了道德與責任，還有愛情。吃著早上剛做的馬鈴薯沙拉，發現如果再加上一或兩滴新鮮的檸檬汁，一定會更好吃。

等待，是慢生活的特色。

等待不是一件簡單的事，它是一段神奇的時間。

等待是一種功力，一種修行，是需要持續不斷練習的。

現代社會，凡事講求效率，標榜時間就是金錢。許多人認為等待就是賠錢，是浪費時間，因為沒事做，很無聊。許多人都沒想到日常生活中有一大堆被忽略的事，可以在等待這段神奇的時間裡實踐與完成。

波特蘭人懂得慢活日子裡的等待。

向等待觀看肥皂箱車競賽的人群望去，有看書的人，抱小孩的人，唸書給孩子聽的人，勾毛線的人，畫畫的人，練習瑜珈的人，接吻的人，講話講個沒完的人，跑來跑去的人，就是沒看到無聊的人。

等了近二十分鐘，第二組賽車又以不到兩分鐘的速度，從我們的眼前呼嘯而過。一輛用破沙發椅改裝而成的四輪賽車，坐著兩位頭髮染成紫色的女孩，一個是駕駛者，另一個則用力的從大吸管裡吹出許多彩虹色的氣泡。她們的對手車，是一輛伸出大舌頭的棕色大狗，看起來栩栩如生。許多肥皂箱車的設計，充滿了童心未泯的創意與奇想，同時更把樂在參賽，志不在得獎的心情，表露無遺，讓人回味不已。

在慢活的日子裡，讓我發現擁有時間是一件幸福的事。同時，也讓我想起旅遊法國普羅旺斯，一位當地人對時間的獨特看法。

我對普羅旺斯當地的悠閒，但是不懶散的生活態度，印象深刻。記得曾經坐在奔牛村（Bonnieux）裡的一間咖啡店外頭，喝礦泉水。一位咖啡店侍者從咖啡店走出來，東看西瞧，終於問我，是否看見他的腳踏車。我搖搖頭。最後他在咖啡店後面的一棵大樹下，找到他的腳踏車。雙腳快速的踏著車子離去。不久看見他騎著單車，拎著一大瓶牛奶，向咖啡店駛來。然後趕緊跳下車，拎著那瓶牛奶，往咖啡店裡跑去。過了一會兒，又看見他，從咖啡店跑出來，把丟在地上的腳踏車扶了起來，停放好。然後微笑的對我說，牛奶用完了，廚師等著他去買牛奶。最後他又補上一句，「緊急狀況」。

原來，普羅旺斯的緊急狀況是，騎著腳踏車去買牛奶。

我好奇的問他，如果真正發生緊急事故，他也是騎著腳踏車去求救嗎？

「發生真正的緊急事故就得用跑的了，哪有時間找腳踏車！」他一臉嚴肅，比手畫腳的對著我說。

他對時間的觀念，好原始，好單純，好讓人羨慕。

波特蘭肥皂箱車競賽，為我提供了重新認識時間和練習與時間相處的機會。二十年來的練習，我學會如何放慢腳步過日子，領悟到慢活的智慧與哲理，同時獲得許多寶貴的感動。

許多神奇的事，真的發生在等待的過程中。

奧勒岡州的奇聞異事

坐在巴黎市街頭的一間小咖啡店裡，侍者對我們所點的飲料感到很滿意。兩杯咖啡。既清楚又簡單。咖啡端過來後，侍者和我們聊了起來。

「美國的星巴克真是咖啡世界裡的奇聞異事。」巴黎侍者開門見山的說，「它（星巴克）教壞了所有喝咖啡的人。」

「法國咖啡就是咖啡，純正原味的咖啡。你們應該知道低卡咖啡其實不是真的咖啡吧！還有，香草米漿拿鐵？到底是什麼東西？」巴黎侍者一吐痛快的邊說邊罵。

起初，我們以為他是在罵美國人，聽到後來，才明白他是在罵自己的小孩。這位巴黎侍者，顯然對喝咖啡的時尚變遷的接納能力偏低，是因為長久以來，法式研磨咖啡，已經完全佔領了他的口覺和味覺？同時左右他的言行舉止，影響他的價值觀？讓他失去了接受新事物的包容力。

在法國，星巴克所提供的不只是咖啡，而是美國文化。有的人看輕它的不倫不類，有的人讚揚它的混合創新。

每一個地區，因為獨特的氣侯和地形，延伸出與眾不同的生活文化，這些生活文化，變成了描繪當地人的捷徑。然而，走捷徑的缺點是，容易出錯。

我經常想著，奧勒岡州人或是波特蘭人，是什麼樣的人呢？

然後，想起從廣播節目中聽到的一則有關奧勒岡州和加州的笑話。

從前，從前，當人們隨著淘金熱潮前往美國西岸途中，在奧勒岡州和加州的交叉路上，前往奧勒岡州的指標，寫著明確的英文字：Oregon。但是，在前往加州的指標上，只畫了一袋黃金。

因此，識字的人，都來到了奧勒岡州。

家在波特蘭的慢活日子，一步一步慢慢走，一天一天慢慢過，在多雨多到不可言喻的天氣裡，我看到了波特蘭人不可思議的性格，與眾不同的作風，還有，那些只有波特蘭人，才能了解的想法。

博愛萬物，是波特蘭慢活日子的特色，也是全美皆知的當地招牌性格。由博愛萬物所延伸而出的環保觀念與有機生活，便成為嘲弄波特蘭人的捷徑，也是波特蘭人自我調侃的話題。這些波特蘭市的刻板印象，也成了電視影集的劇情。二〇一一年IFC頻道播出第一季的「波特蘭人（Portlandia）」單元喜劇，收到不錯的反應後，繼續在波特蘭當地，實景拍攝了第二季和第三季的作品。有意思的是，這些別人嘲弄波特蘭人的刻板印象，並不是空穴來風，無中生有。它們確實存在，而且還被明文例在奧勒岡州法和波特蘭市定法律條文內。

為了保護基本工資勞工的就業率，奧勒岡州禁止駕駛者自己在加油站加汽油。這是一條基於人道和博愛的立場而明文規定的條文，依照法律，必須由加油站人員為駕駛者加汽油。旅遊奧勒岡州時，千萬不可在加油站，自己加汽油，以免違法。

為了維護兒童的安全，奧勒岡州州法規定，禁止將兒童捆綁在車頂上，車蓋上和擋泥板上。奧勒岡州的兒童真是幸福，有這麼一條法律保護著他們。

基於人道主義，保障逝者的安寧，州法禁止人民在墓園打獵。

除了得遵照州法，波特蘭市更將博愛萬物的精神，發揮淋漓盡致，製定了更豐富的市法。波特蘭市法規定：鞋子上的鞋帶一定得綁好，才能走在街道上。曾經因為鞋帶沒有綁好，而摔跌的市民，一定很希望自己所居住的城市，有這麼一條法律，來保護市民的安全。

波特蘭市法禁止人民在水裡吹口哨。可能是擔心市民會噎到吧！

市法規定；不管壁畫畫得有多醜，公共壁畫得年滿五年才能撤除。想想梵谷的畫作，耗費了不止五年的時間，才贏得世人的認同。因此，每一位藝術家，都需要至少五年的時間來說服社會大眾。

愛護動物，也是波特蘭的招牌標誌之一。虐待動物，遺棄寵物，是違法行為。另外，市法規定；禁止為小雞或是小兔子染色。必須尊重DNA所賜予的天然毛色。

還有，運輸拉貨的馬匹，不准在攝氏三十二度的高溫下工作。

許多法律條文的製定，肩負著思想改革的使命。一八七〇年，艾比吉兒（Abigail Scott Duniway）爭取女性投票的權力，成為當時奧勒岡州的奇聞異事。奧勒岡州民耗費了四十多年爭取女性投票權，一九一二年奧勒岡州終於立法通過，保障女性投票的權力。

終將為世人所接受的新觀念，曾經一度，只是當地的奇聞異事。

一九二七年奧勒岡州撤除禁止黑人在本州居住和購屋的條文。一九五一年奧勒岡州撤除禁止不同種族通婚的條文。種族平等的新觀念，終於推動奧勒岡州修改不適時令的舊法律。

一九九四年，奧勒岡州全民投票，通過尊嚴死亡法（Oregon Death with Dignity Act），一九九七年正式生效。成為全美國第一個擁有尊嚴死亡的州法。這項新法律和新思想，再度挑戰人們的舊想法。這項基於人道主義而製定的法律，為少於六個月生存期的末期病患，提供選擇的權力。病患可選擇提早結束病魔的折磨，或是選擇繼續與病魔對抗。波特蘭人熱愛生命，尊重人權。尊嚴死亡是熱愛生命與人權的結晶，這項法律保障末期病患擁有選擇的法定權力。二〇〇八年，華盛頓州通過公投，成為全美第二個擁有尊嚴死亡的州法。二〇一四年，奧勒岡全民投票通過大麻休閒娛樂使用合法化，二〇一五年十月正式實施，成為美國第四個公投大麻合法化的州法。

畢業於新聞學院，當了好幾年的新聞記者，我對世界時事的發生，始終有著濃厚的關心與興趣。新聞媒體是我認識與學習當地生活文化的管道。曾經，報紙上一則海狸（Beaver）學游泳的報導，讓我看見了波特蘭居民純真的童心。

位於波特蘭市的奧勒岡州動物園裡，一隻剛出生的小海狸，成了市民的目光焦點。原來，擅長在河裡築水壩的海狸，並不是天生的游泳高手。海狸媽媽每天得不厭其煩，不計辛勞的把小海狸叨在口裡，一次又一次，不停地把小海狸丟往河裡去，讓小海狸學習游泳。

上班休息時間，人們接頭交耳的詢問著：「小海狸學會游泳了嗎？」下了班後，州民們蜂踴前往動物園，好奇地觀看小海狸學游泳的過程。市民們深愛海狸，是有原因的。海狸是奧勒岡州的代表動物。波特蘭市區街道上，站了好幾隻海狸雕像，過年時，還會有善心人士為海狸雕像，穿上新衣，戴上新帽和領巾。另外，奧勒岡州立大學（ＯＳＵ）所屬的各項運動隊伍，也都以海狸命名。

多雨的奧勒岡州，對雨有著非常特別的情感。雨，在奧勒岡州享有被保護的法定權力。

二〇一二年，一位州民因為擅自蓋水井，貯藏從天而降的雨水，被送進牢房關了三十天。州法解釋，雨是奧勒岡州的公共財產資源，不得擅自侵佔。

同樣享有環保聲譽的荷蘭阿姆斯特丹，以街頭上的黃色腳踏車聞名。波特蘭市則以白色腳踏車聞名。白色腳踏車，是悼念葬生於車禍的單車騎士紀念碑。街頭轉角處和巷口，是城市中的單車騎士，容易被汽車撞倒的地點。一輛又一輛漆成白色的腳踏車，放在肇事地點，提醒所有的駕駛者，分享道路的原則。

波特蘭市的一所高中在學校增設了六間中性廁所，以供教職人員和學生使用。這則時事，再度挑戰奧勒岡州民的思想。波特蘭市法規定，男性不得上女廁，女性不得使用男廁。但是，正在接受變性療法的人，該使用男廁？還是女廁呢？

我們把上廁所，當成一件非常簡單的事，但是，有些人卻為了上廁所，傷透腦筋。在波特蘭，上廁所的事，被新聞媒體炒了好幾天，成了天大的新聞，每位市民，每天都為了上廁所的事，深思熟慮。這些深思熟慮，也激發其他學校和機構，研發設製中性廁所的構想與計畫。

波特蘭的慢活日子最適合用來思想。思考與反省正是慢活日子的過程。許多感情隨著思緒的起伏，進而演變成新觀念。這些來自於博愛萬物的豐富情感，不畏困難的挑戰舊想法，終於修改了許多不適時令的舊法律。

實踐波特蘭的慢活日子，我經常與朋友，坐下來，喝一杯香草米漿拿鐵，然後，反省著過去，檢視著現在，討論著未來。

住在煙囪裡的小鳥

VAUX'S
SWIFTS
Swifts at Chapman School
Each September, thousands of Vaux's Swifts congregate in the chimney of Chapman Elementary School before they fly south for the winter. Just before dark, the swifts amass above Chapman School in a huge spiral formation and fly into the chimney to roost, giving the impression of an avian whirlpool. Swifts are highly specialized for clinging to vertical walls which is what they are doing inside the chimney. It is believed the swifts congregate in large colonies to help stay warm in the cool fall evenings, and perhaps because there is safety in numbers.
Protecting the World's Largest Known Colony
Just for Kids

家在波特蘭，得習慣許多奇怪的事；許多只有當地人才能了解的奇怪的事。第一個搶先浮現腦海的奇怪事件是，慶祝最悲慘的單車日（Worst Day of the Year Ride）。這是波特蘭人慶祝當地悲慘的冬季單車活動。每年二月中旬，在一年裡最溼最冷又最暗的一天，數千名家在波特蘭的居民，穿上雨衣，雨鞋，戴上安全帽，騎著腳踏車，挑戰長達十八英里或是四十五英里的單車道，以慶祝這個一年中氣候最糟的一天。只有波特蘭的慢活居民，懂得如何歡度一年中，氣侯最糟的一天。

家在波特蘭，得習慣許多奇怪的事；許多只有當地人才能了解的奇怪的事。扶老攜幼，去拜訪住在煙囪裡的小鳥，是我最喜歡的活動之一。它也是波特蘭慢活居民告別夏季，迎接秋天的儀式與慶典。

從八月底起，上千隻褐雨燕（Vaux's Swifts），飛來到波特蘭市西北區的恰門市立小學（Chapman School）。它們開始在小學的大煙囪裡築窩蓋巢，接著，越來越多的褐雨燕，不約而同地來到這所小學裡的大煙囪，到了九月中旬，上萬隻褐雨燕，完全佔領小學裡的大煙囪。十月初，成千上萬的褐雨燕，將告別波特蘭市，繼續朝往中南美洲和委內瑞拉飛去，以完成侯鳥遷徙的旅程。

客居波特蘭市的褐雨燕，體型約為四至五英吋大，飛行速度很快。在前往南美洲的遷徙路途中，路經波特蘭。由於都會生活的擴張，侵佔毀壞了自然林地，褐雨燕失去了築窩蓋巢的棲息地，只好選擇與道格拉斯冷杉一般高的大煙囪為家。

保護平衡的生態，是慢活哲學理念之一。保護野生動植物，是維護健康生態的守則，也是慢活日子裡的課程。過境的褐雨燕，成了波特蘭慢活居民極力保護的野生動物。

一九九四年起，由於客居小學大煙囪的褐雨燕的數量暴增，引起了波特蘭市民熱衷的關切。為了保護褐雨燕的過境棲息所，恰門小學決定停止使用學校的大煙囪，以保護褐雨燕的棲息所在地。提供暖氣的大煙囪關閉後，每逢秋冬季節，學校冷得像座冰庫，老師和學生們穿著肥厚的羽絨大衣，戴著毛線帽和手套，全校師生像是雪人般似的，在接近雪地的氣溫裡，一邊發抖，一邊學習。恰門學校的師生，成了波特蘭慢活日子裡的救鳥大英雄。

二〇〇三年，波特蘭市奧德邦鳥類保護協會（Audubon Society）捐贈一筆興建暖器設施的資金給恰門小學，師生們終於不必再一邊發抖，一邊上課。

拜訪住在煙囪裡的小鳥，曾經是波特蘭慢活日子裡的新鮮事。二十多年來，新鮮事轉化為當地禮俗。每年九月初，就在楓葉逐漸從油綠的色彩轉換成酒紅的色調，家家戶戶，大手牽小手，集聚一堂，手上提著野餐籃，手臂下夾著大毛毯，說說笑笑，一路來到恰門小學外的坡地草坪上。奧德邦鳥類保護協會的義工們，開始忙著解答好奇的賞鳥人的問題。成群結隊的孩子們，已經在坡地草坪上打了好幾個滾兒。新戀人，老情侶，肩並肩，依偎著，靜心悠閒地看著遠方的太陽變夕陽。

雲層中偶爾散發出幾道霞光。暗示著戲劇化的劇情即將上演。一隻肚子餓的獵鷹，從空中越過，尾隨在上百隻褐雨燕的後方。賞鳥人噓聲四起，驚聲連連。一時之間，迷糊了起來；該為成千上萬的褐雨燕擔心呢？還是為肚子餓的獵鷹加油？生活中總是充滿了相互矛盾的爭議性問題。有的人緊張的抬頭，看著空中現場表演的獵捕秀，有的人選擇聽天由命，低著頭，吃墨西哥捲餅。

成千上萬的褐雨燕，在夕陽時分，自四面八方而來，在小學的大煙囪上空，穿梭飛舞，左右徘徊，高揚飛起，俯衝下降，長達半小時的空中飛行秀，結合了動感與美感的即行創作，令波特蘭人屏氣凝神，拍手叫好。就在太陽隱身進入雲層中的那個時刻，褐雨燕也舞完了最後一曲華爾茲，玲瓏的倩影，魔幻似的消失在小學的大煙囪裡。

波特蘭的慢活日子裡，充滿了許多與野生動物相處和相遇的機緣。住在院子裡的松鼠，藍鵲和知更鳥，與我朝夕相處，早已經成為我的老朋友，一年見個三或四次面的浣熊，始終像個謎似的，令人十分好奇。看起來像是戴著黑眼罩的浣熊，樣子好可愛的，尤其是浣熊寶寶，總是三五成群，緊緊地跟在媽媽的身後，躲在鄰近社區教堂旁的大樹下嬉戲。

在旅遊中與野生動物相遇，就像是與多年老友不期而遇，讓人心喜，讓人回味不已。讓人明白環保自然生態的重要性。旅遊阿拉斯加，看見幾群座頭鯨，在海面上翹起了魚尾巴。在夏威夷浮潛，巧遇大海龜。在佛羅里達州的墨西哥海灣戲水，正好有兩隻海豚從腳邊游過。在華盛頓州的瑞尼爾山國家公園，與北美洲土撥鼠，四眼對望，一起做日光浴。在美國蒙大拿州的冰原國家公園看見大黑熊，一路看到加拿大。在黃石國家公園裡，與好大一群野牛

（Bison），隔著一條公路，並肩漫步在散發著地熱水氣的野地中。同時與沒想到竟然如此高大的麋鹿群，隔窗對望。這些難忘的經驗，總是提醒我；我們住在一個萬物共有的世界，而不是人類專有的世界。

這些與野牛動物相遇的經驗，讓我逐漸學習到慢生活哲學的共存（coexist）觀念。

旅遊瑞尼爾山國家公園（Mt.Rainier）時，公園管理員再三交待，千萬不可餵食野生動物，尤其是一隻紅狐狸帶著兩隻小狐狸寶寶。聽見公園管員理描述的如此詳細，我們一家三口笑了起來，以為是玩笑話。沒想到，竟然是真的。

我向來有足夠的理性，遵守不餵野生動物的守則。但是，瑞尼爾山國家公園裡的這三隻紅狐狸，真正考驗了我的理性和感性。從帕拉達斯（Paradise）前往隆美爾（Longmire）的公路上，瑞克忽然慢慢把車停在路邊，一臉不可思議的對著我和女兒說，「一隻紅狐狸在路邊對我直望。」

我向車窗外仔細一看，一隻好漂亮的紅狐狸，帶著兩隻好可愛的小狐狸，站在岩石縫邊，睜著閃閃發亮的狐狸眼珠子，情深深地望著我的臉，情深深地等著我的食物。就在這個節骨眼上，我們一家三口很有默契的開始唸著管理員所交待的話，不餵野生動物，不餵野生動物，不餵野生動物，……

忍心離開紅狐狸後，一家三口，沉默了好久。終於，我和瑞克慢慢的為當時只有七歲的女兒舉例解釋各種不應該餵食野生動物的原因。

與野生動物共存，是一件很複雜的事，因為野生動物是貪吃的，而人，有的時候是好心的，有的時候是貪心的。美國紅狐狸被好心的遊客教得只會討食，而不會獵食，這是自絕生路的前奏。

美國野狼因為貪吃，被貪心的人趕盡殺絕。各項有關面臨絕種的野狼的議題，在美國社會和政界裡吵來吵去。一九四七年，奧勒岡州的最後一隻野狼在五美元賞金的獵殺活動中，葬身於火山口湖國家公園（Crater Lake National Park）附近。等了六十年，奧勒岡州的野生動物保護協會，終於發現野狼再度返回奧勒岡州居住。但是，獵殺野狼，以保護畜牧牲口的措施，始終跟著野狼四處活動。

獵殺野狼的人，扯著嗓門喊著，這一切都是為了保護畜牧業者。是否有人想過為什麼要保護野狼呢？

食物鏈中，位居肉食掠奪者的野狼，在生態系統中扮演著平衡生態的要角。食物鏈，鏈鏈相環，缺少一環，就立即出現不平衡的自然現象。不平衡的自然環境，會危害到人類的生活，因為人類是萬物之一，是整個共存環境的一部分。健康的生活環境，是生態系統平衡的環境，是萬物共存的環境，是慢活日子所追求的環境。

拜訪住在煙囪裡的小鳥，讓現代人了解，我們住在一個萬物共有的世界，而不是人類專有的世界。

拜訪住在煙囪裡的小鳥，是幸運的波特蘭人在安全的距離之下，與野生動物共存的寶貴機會。

拜訪住在煙囪裡的小鳥，是波特蘭慢活日子的生活樂趣，是一種讓當地人樂在其中的生活文化。

東西唱反調

我經常在廚房裡，一邊準備晚餐，一邊聽見瑞克唸書給當時只有一歲大的女兒聽。小狗叫woof，公雞啼cock-a-doodle-doo，小羊叫bar-bar。

一天，我終於忍不住的糾正他，小狗叫是汪汪，公雞啼是咕咕咕，小羊叫是綿綿。但是，瑞克搖著頭說，小狗叫是沃佛，公雞啼是垮克度多度，小羊叫是巴巴。

真是錯得離譜，我從小在澎湖阿祖家的後山坡，跟著一群山羊一起長大，只聽過山羊們喊「妹妹」，從來沒有聽見哪一隻羊會叫爸爸。

生活在波特蘭的慢活日子裡，緩慢的生活步調，讓我察覺到許多東西唱反調的生活經驗。

在學校唸書時，許多老師都曾經問過一個讓我想了很久的問題，「中國香料中的五香包，到底包得是哪五香？」

東西唱反調，因為，中國人重視感覺，但是，美國人依賴數字。

重視感覺的中國人，意會能力超強，提起五香，立刻聯想到；多種香料搭配合成的美味，必然是香味可口，香味撲鼻。就連乾隆皇帝也得連續喊五次香，「香，香，香，香，香！」才能舒解心中的味蕾滿足感。

但是，依賴數字的美國人，聽見五香，直接想到的是，哪五種香料？

和美國人聊起地理方向，更是麻煩。中文說東南方，但是英文卻成了南東方（southeast），中文說西北方，英文則是北西方（northwest）。確切明白方位後，美國人還會再加上一句，「多遠？」

每次當我說不遠或是很遠，只有意會能力超強的中國朋友能夠明白。但是，美國朋友需要聽到詳細的阿拉伯數字才能理解。

中國人重視感覺，美國人依賴數字。當母親來波特蘭玩時，我只需對她說，早晚很冷，中午有點冷，但是到了下午就不冷了。母親一聽就懂。但是，當我那德英混血的婆婆，從匹茲堡市來波特蘭拜訪我們時，我對她說，早晚很冷，中午有點冷，到了下午就不冷了。她聽了之後，問我，很冷的氣溫是幾度？有點冷的氣溫是幾度？不冷的氣溫又是幾度？

下廚做飯炒菜，少許鹽，多點醬油。來自東方的朋友一聽就懂。西方友人則問，少許是幾小匙？多點是幾大匙？

我們經常邀請朋友到家裡用餐。受邀的朋友們都會帶來一兩瓶紅酒，共襄盛舉。有一次，一位朋友帶來一件用漂亮包裝紙包著的方形紙盒。啊！真正的禮物。我心裡興奮的想著。同時，暗自猜測；不知道包裝紙的裡面是什麼？當我正享受著猜測的樂趣，朋友揮手把我叫到客廳，然後要我打開禮物。

我驚訝的在心裡想著，當著客人的面前拆禮物，多沒禮貌啊！

但是，美國人就像小孩，十分好奇，很容易興奮。壓抑不住的好奇心和興奮感，讓送禮的美國人迫不急待的，要立即觀看收禮人的現場反應。因此，在美國，當著送禮人面前拆禮物，是一件禮貌的行為。

東西唱反調，中國人的社會，是大人的社會，所有的生活守則都依大人的準則規定，有規有矩，就連活蹦亂跳的小孩也得遵守。因此，中國小孩像個小大人。但是，美國人的社會，是小孩的社會，沒規沒矩，充滿了想像的自由。每個大人都像小孩似地，整日異想天開。

美國社會的消費文化，也是建立在哄唬小孩的基本技巧上。提到錢，美國人就沒有中國人來得理智，像小孩兒似的美國人，喜歡聽好聽的，而且什麼都要。上街買東西，中國人找零錢的方式是用減的，美國人則是用加的。例如，拿十元買一件七元的汗衫，我們用十減七等於三，找回顧客三塊錢零錢。但是，美國人的算法卻是七加三等於十，先將七元的汗衫遞給顧客，再把三塊錢零錢，一塊錢一塊錢的放回顧客手中，慢慢加回到原來的十塊錢。像哄小孩似的，告訴消費者，「這是你的十塊錢，還有你的衣服。」

遇上打折又更令人迷糊了，記得母親第一次來美國找我玩，當她看見街上商店的櫥窗寫著20% OFF的字樣，眼睛刹時雪亮，緊握著我的手，勉強的壓抑著興奮的情緒，喜形於色的說，打兩折！遇上這種情形，我總是懷著一種罪惡感，很為難的告訴她，20% OFF的意思是打八折，不是打兩折。

美國人的性格就跟小孩兒一樣，無論發生了什麼事，還是喜歡聽好聽的。老美夫妻僅管各自曾有外遇，或是正有外遇，夫妻面對面，開口閉口，仍然喊著另一半，寶貝（babe），蜜糖（hon），甜心（sweet heart），或是甜豆（sweet pea）。聽來像是一陣煙霧彈。

但是，中國夫妻可不同於老美。雖然不是每位中國人都知道口蜜腹劍的典故，但是每個中國人一聽到口蜜就連想起腹劍。因此，都知道口蜜是一件壞事。不管夫妻之間，是愛，是恨，或是沒感覺，絕對迴避口蜜腹劍的行為，尊從謙謙君子的中國美德。

美國人凡事喜歡與中國習慣相反，這樣的例子俯拾皆是。這些東西唱反調的例子，也為我解釋了東西生活文化和思想的差異。就拿姓名來說吧，中國人是先有姓再有名，美國人是先講名再道姓。把家族姓氏放在名字的後面，是否因為美國人認為，獨立的個人比家庭群族重要呢？再想想多少中國人為了繼承家庭姓氏，做出重男輕女，令人傻眼的蠢事，更令我深思不已。

中式的地址寫法是，先寫城市，再寫街道，最後才是門牌號碼。中式的寫法，提醒我；凡事先想到大局，再想到小我。但是，西式的寫法則是先寫門牌號碼，街道，最後才是城市名字。西式的寫法，讓我了解；大局是由小我所構成的，先把小小的門牌號碼寫好，再來寫街道和城市。

中西書寫方式也是東西唱反調的好例子。簡單而言，東方是直式的，西方是橫式的。東方的傳統習慣是先由上而下，寫完第一行再由右至左繼續第二行。但是，西方的習慣卻是先由左至右，寫完第一行再由上往下進行第二行。

中國人習慣在冬天過年前大掃除，除舊佈新迎新年，是我們的文化習俗。可是，美國人則是在夏天舉行大掃除，整修房子，重新粉刷，而且還把自己不要的東西擺在車庫前，企圖賣給別人。

自古以來，中國人總是眉開眼笑的慶祝弄璋之喜，生兒子像是得了塊寶玉。要是生了女兒，則勉勉強強的說是弄瓦之喜。得了塊磚瓦，嗯，不知道有多少人是真心喜歡？

但是，美國人可不一樣，生了兒子，沒啥好慶祝的。生了女兒，可就不同了。向來不請客，不送禮的美國人，添了個女兒，就得買雪茄分送親朋好友。記得女兒出生後，還等不到辦理出院，瑞克就忙著贈送雪茄，喜孜孜的慶祝自己升格當老爸。

通常，母親在吃完早餐後，會打電話到美國來，與我話家常。但是，那個時候，正是我準備晚餐的時刻。晨昏顛倒的事實，總是讓她覺得世界真有趣。偶爾，也說服了我，東西唱反調的必然性。

中國人道早安的時侯，卻是美國人說晚安的時侯。

中國人說滾蛋，是下驅逐令，這是一句生活俚語。但是，美國人卻真的把蛋拿來滾。還把滾蛋當成特別節目，以慶祝復活節，同時由總統主持，在總統府白宮的草坪上舉行。

中國人處罰孩子，用的是罰站。但是，美國人處罰孩子，卻是用坐的（time out chair）。

中國人對孩子講道理。但是，美國人對孩子講故事。

中國人用否定句，但是，美國人用肯定句。例如，

中國人說，不客氣。但是，美國人說，you are welcome。

中國人說，時侯不早了。但是，美國人卻說，getting late。

中國人說。不多。但是，美國人說，a few。

最重要的一點，若是發生火警或需要緊急求救時，我們在台灣撥的求助電話號碼是119。但是，在美國，就非得撥911才行得通。

慢活的季節

感恩節症侯群

十一月，是美國健身房會員開始增加的月份，實行減肥計畫的美國人會在十一月一日起，開始陸續報名加入健身俱樂部。新增的健身房會員會在一月份達到最高點。

一月是新的一年的開始，許多人把減肥做為每年的新年新希望，因此是健身房生意最好的月份。十一月，是美國人開始過大節日的月份，感恩節過完，接著是聖誕節，最後是元旦派對狂歡日。從十一月開始，一直到一月一日，這兩月是美國人的派對月份，是穿派對小禮服的月份，是可能與心中暗戀的同事，發生火花的月份，因此，也是減肥的月份。

十一月是美國人返鄉探親的月份，是面對兄弟姐妹，伯叔妯娌的季節。回到家鄉的美國人，不僅會看見老鄰居，老同學，還有可能會遇見舊情人，或是舊情人旁邊站著的新伴侶。有可能會遇見好多不想見的人。為這些不想見的人，減個五或六磅，瘦個兩或三公斤，是一件好事。

就在全美國的生活腳步達到瘋狂錯亂的同時，正是波特蘭人練習過慢活日子的最佳時節。

波特蘭秋末冬初的慢活季節，是體驗大自然改變容顏的季節。在這個充滿節慶派對的月份裡，是培養和增進人際關係的季節。隨著年底的到來，這個時候，也是面對自己，自我反省與思考的季節。

大眾媒體說，這個時節是感染節慶症候群的季節。最常見的節慶症候群是，發生在感恩節前夕的焦慮症狀（Anxiety Attack）。期許自己，以完美的形象，出現在家族聚會中，公司派對裡，同時面對好多不想見的人，是一件心理壓力非常大的折磨。

美國傳統火雞大餐，其實是一頓吃起來既緊張刺激又充滿爭執危機的餐宴。美國社會，擁有各個不同的種族，複雜的社會文化背景，同時又強調個人自由，因此，家家那本難唸的經，變得又大又厚又沉重。把這些相信小我勝於大我的人，擠在一起，吃火雞大餐，是一種瘋狂大挑戰。

我們一家三口，很幸運的不必在這個節骨眼上，擠入返鄉或接機的人潮。住在賓州的婆婆曾經指示，無需返鄉過節，因為她自己也不會在家，她得跟著現任的丈夫返回他的家鄉過節。因此，家在波特蘭的感恩節，沒有接待公婆的壓力，也不必與妯娌在廚房裡相互較勁。有幸躲過返鄉過節壓力的波特蘭人，不只我們這一家。許多當地朋友，也都有著相似的家族背景。

對有幸躲過返鄉過節壓力的波特蘭人而言，慢活日子的感恩節，應該是一個沒有壓力，沒有焦慮的節日。但是，許多當地朋友，包括我自己在內，都曾經在感恩節前夕，感受到焦慮的心情。精神渙散，莫名其妙的擔心很多事，毫無理由的窮緊張，晚上失眠，白天疲倦。

冥想，打坐，沉思，與朋友分享討論之後，發現感恩節前夕的焦慮，原來全來自於冰箱裡那隻等待被解凍的死火雞。

波特蘭的慢活日子裡，人人都是ＤＩＹ高手。自己動手做，是體驗慢活日子的方式。感恩節當天，波特蘭的慢活居民，人人肩負著一個火雞任務。自許自己今年可以烤出最好吃的火雞，成為一種自我挑戰，超越自我的任務。將那隻死火雞，烤得一年比一年好吃，正是波特蘭慢活居民的焦慮和壓力的來源。

感恩節前夕，許多餐廳，賣廚俱的高檔商店，會設計出好多火雞大餐烹飪課程。從如何將火雞解凍，綁好，醃好或是把香料塞進火雞肚子裡，按部就班，慢慢示範，慢慢教。報紙上也印有一道一道的圖解說明和做法，提供免費烹飪課程。

曾經，我照著報紙的食譜，做了幾次火雞大餐。但是，都無法令我滿意。烤火雞的難度在於，體積龐大，難以掌控火侯。又不能先砍再分開來烤。烤全雞，是過節的傳統，是刁難人的問題，也是展現個人功力的重點。能把這麼大一隻火雞的腿烤熟，但是，不把雞胸肉烤得太老。是火雞大餐的成功關鍵。但是，在時間有限的緊張下，女兒喊肚子餓的壓力下，經常把一隻死火雞烤得面目全非，勉勉強強地從烤爐端出來，擺上桌。

不知道是否被我的烹飪手藝給嚇怕了，女兒年滿七歲後，決定不吃火雞。從此之後，一家三口在感恩節裡吃烤雞。烤雞的作法，程序簡易，同時體型小，容易烹飪，不容易出錯，讓我的慢活日子好過了許多。但是，我開始擔心女兒成長中的感恩大餐經驗，會在美國社會裡成為異類。有一年，女兒告訴我，她班上有許多同學，在感恩節吃豆腐做的素雞大餐。另外，也有同學吃烤魚大餐，雜糧沙拉大餐。女兒要我別擔心，因為她的感恩節大餐並不是最奇怪的。

免疫度過感恩節前的焦慮，並不代表可以順利度過感恩節當天的折磨，同時，絲髮未傷的吃完這頓火雞大餐。有一年感恩節，就在準備做馬鈴薯泥之前，手一滑，不小心把整鍋煮得好柔軟的馬鈴薯，倒進了廚房流理檯的水管裡。水管立即被塞住。最糟糕的是，全波特蘭市會通水管的技師，全部被叫走了。波特蘭的慢活日子裡，在感恩節當天，許多人家家裡都有一根阻塞的水管。

美國人在餐桌上，有三不談。不談宗教，不談政治，不談薪資。享用感恩節大餐的同時，尤其得牢記在心。但是，慢活的日子著重於分享，許多慢活居民在吞下淋著蔓越莓醬汁的火雞肉片後，再喝幾口紅酒，開始把該記的都忘了，開始提起不該談的，開始分享無須分享的情感與言論，因此，飯後甜點還沒有上桌，就吵得天翻地覆。

火雞是感恩節的重點，甜點是感恩節的要點。只有甜點，無論是南瓜派，蘋果派，還是胡桃派，都可以讓吵得天翻地覆的感恩節大餐，稍微安靜一點兒。閉嘴張口吃派，再喝幾口紅酒，忽然，聽見有人喊著，快叫救護車。如果不是老爸的心跳不規律，就是老媽的呼吸過於急促。原來，這也是常見的感恩節症侯群之一。它還有個學名，叫做過節心臟症侯群（Holiday Heart Syndrome）。在短時間之內，吃下過多的食物，和喝下過量的酒精，是導致過節心藏症侯群的罪魁禍首。

一家人，吵過該吵的話題，該送醫的也送了醫，吃完最後一口派，喝下最後一杯酒。一年一度的感恩節，終於過完了。一個節日的結束，是另一個節日的開始，同時也點燃了另一個因為生活文化分歧所引發的爭執。

感恩節當天的報紙重達四或五磅，大約有兩公斤重。全是黑色星期五的促銷廣告。感恩節的隔天，是全美瘋狂大購物的黑色星期五。好多人，會從半夜開始排隊，等到清晨四點三十分，店面大開，你推我擠，搶買限時限量的折扣拍賣商品。

在波特蘭這個風行慢活文化的城市裡，慢活居民與每年一次從外地來訪的親人，在感恩節餐桌上吵完日常話題後，繼續第二回合的爭辯，主題是美國社會的消費文化。

波特蘭慢活市民，尤其是那些忠貞不二的慢活信仰實踐者，會在黑色星期五的清晨，早早起床。為的是到市區的購物區街道上舉招牌，沉默的提醒購物者，「你的家人想要的，不是你的禮物，是你的愛。」另外也有朋友，在腳踏車上插著告示牌，騎車遊街，宣導自己動手做的禮物，才是無價之寶。

因為搶購特價商品而引起的擦傷，撞傷和骨折，是美國國內常見的黑色星期五後遺症。在慢活城市波特蘭裡，黑色星期五的後遺症是，舉抗議牌和遊街宣導所引發的筋骨酸痛。

感恩節不是宗教節日。它是美國人自己設定的節日。感恩節的傳說，源自於十七世紀初期，英國殖民來到美國，與印地安原住民爭地爭食。由於不識當地環境生態，英國殖民一度飢寒交迫。印地安原住民，發揮人性本善的精神，好心的與英國殖民分享食物，於是，兩組敵對人馬，坐在一塊兒，共享餐宴。為了紀念感謝印地安原住民的好心，十九世紀末期，南北戰爭結後，美國再度從分裂中結合，同時，全國開始慶祝這個心懷感激的節日，這個謝恩的節日，這個讚揚人性本善的節日。

感恩的節過完後，波特蘭居民在完成自己動手烤火雞的慢活任務後，繼續練習冥想，打坐，沉思。同時等待下一年火雞任務的到臨。

咬一口冬季憂鬱

窗外的雨，滴滴答答地，敲打著站在前面院子裡，那棵沒有葉子也沒有花的櫻花樹。從天而降的雨水，一點一滴，很有恆心地飄落在冬天裡的每一天。

清晨起床後，客廳裡的兩盞燈，就一直亮著。要是不小心順手把燈給關了，整個家又掉進了黑夜，完全不管我們一家三口，才剛起床。

這是日光節約時間（daylight saving time）終止後的第二個星期天。許多波特蘭人還在調節因為這短短一小時的時差，為生理和心理所帶來的時差後遺症。

美國日光節約時間，開始於春天三月的第二個星期日凌晨兩點。兩點鐘一到，所有具有日光節約時間功能的時鐘，會自動從兩點鐘跳到三點鐘，縮短黑夜的時間，以提早日出的作息。這就是美國人所謂的Spring forward。

日光節約時間結束於十一月第一個星期日的凌晨兩點。兩點鐘一到，所有具有日光節約時間功能的時鐘，會自動從兩點鐘再跳回凌晨一點鐘，加長了黑夜的時間。這就是所謂的Fall back。

日光節約時間結束的時刻，正是波特蘭市的冬雨季節。掀開窗帘，往外瞧，除了雨，還有夜，上午十點鐘的天色，看起來好像還是半夜。因為看起來好像還是半夜，整個身子的運轉，也停留在睡眠狀態，手腳遲鈍，昏頭昏腦，位於胸腔內偏左的那顆心，順著安眠曲的緩慢節奏，慢慢地跳著。整個人像是被白日遺棄似地，任憑黑夜掌控。整個城市像是被太陽遺棄似地，孤零零地站在角落，任憑灰雲暗霧，層層包圍。

只見陰雲和雨水，看不見陽光的早晨，讓人昏沉沉。看著窗外一片又一片灰暗濃厚的色調，忍不住又打了個哈欠。許多波特蘭人抱怨這樣陰沉灰暗的天氣，喪失了許多過慢活日子的興緻與毅力。

這樣一個沒有日光，只有灰雲和陰雨的冬日，讓波特蘭人在慢活中所練習的冥想開始變成了幻想。幻想自己是一隻北極熊，可以名正言順的睡過整個不見天日的冬季。

但是，波特蘭人就跟所有的人一樣，不是冬眠的動物。因此，幻想自己是隻北極熊的波特蘭人，開始承受季節性憂鬱症S‧A‧D（seasonal affective disorder）的折磨與煎熬。

季節性憂鬱症是一種因為季節變遷而引起的心理或生理機能失調的症狀。波特蘭的冬季氣侯，為季節性憂鬱症提供了幾乎完美的生長環境。一年兩百多天的雨天加上灰雲，波特蘭人的季節性憂鬱症，是典型的冬季憂鬱症（Winter's blues）。

輔導心理建設的人生教練（Life Coach）說，把房間漆成夏天的顏色，天藍色，草綠色，火紅色，藉由視覺的想像力，喚回生命的活力。

心理治療師說，談談夏天的回憶，翻看夏天拍的照片，聞著夏天做的乾躁花，吃著夏天烹調的果醬，藉由觸景生情的感動，喚回生命的原動力。

家庭醫師在藥單上寫著，日光治療法（light therapy）。然後說，把日光帶回家，在家裡做日光治療，以調節平衡生理和心理的循環運作。

幻想自己是隻北極熊的波特蘭人，終於接受事實，放棄尋求冬眠的神奇能力。再度發揮慢活中的自己動手做的精神，把臥室漆成天藍色，客廳漆成草綠色，飯廳漆成火紅色。把在夏天撿到的貝殼，放在大玻璃罐裡，再把裝有貝殼的大玻璃罐，放在沙發椅旁的小桌子上。最後，坐在日光燈箱前，在家裡進行日光治療法。

日光治療法是波特蘭人在家裡創造日光的配方。桌子上擺著一檯有著筆記型電腦大小的箱型日光燈（light box），或是曙光仿模燈（dawn simulator），這是一種仿照曙光，可以逐漸加強明亮度和熱度的治療燈，可以幫助波特蘭人在灰暗的冬日裡，感受到陽光的滋潤，喚醒無精打采的身體和心靈。

清晨起床，盥洗後，打開這盞特殊的日光燈，坐在燈光前，感受日光燈浴的神奇威力。從日光燈放射而出的仿照陽光，照射著剛睡醒的波特蘭人，讓家在波特蘭的居民，享受起床時，應該感受到的曙光。然後，繼續讓整個身子，在日光燈浴中舒展，在日光燈浴中清醒，驅除黑夜的陰影，溫暖心靈，喚醒四肢的活動力。許多波特蘭人在早上做日光燈浴的同時，化妝，喝茶，喝咖啡，上網聊天，寫部落格，或是，聽新聞，看報紙。如果不想聽新聞或看報紙，也可以發呆。每天早上的日光燈浴，讓逐漸凋謝枯萎的波特蘭人，在每年兩百二十二個陰雨天裡，重新生長。

一日之計在於晨，中國人好早以前就領悟到這個智慧。但是，波特蘭人得經歷過無數個灰暗溼冷的冬日，然後，許多專家學者開始做觀察和研究，同時，進行臨床實驗。得到的最新報告，竟然與中國的古老智慧相互吻合。早晨是一天中最寶貴的時刻，尤其是早晨的光線，陽光也好，燈光也好，對身體和心理的健康發展最有幫助。對冬季憂鬱症最有療效。因此，早上起床，先開燈，成了家在波特蘭，對抗冬季憂鬱最有效力的武器。

在家裡做完日光燈浴的波特蘭人，筋骨逐漸舒暢，血液逐漸沸騰，腦袋裡的齒輪，開始加速運轉。最後推動腸胃的絞動。飢餓的波特蘭人，披著防風防雨的外套，穿著保暖又具時尚的雨靴。推著套有防雨罩的幼兒推車，拉著狗。或是，單槍匹馬，握著智慧型手機，抱著個人電腦，在灰雲和陰雨中，走進大大小小的餐廳，有說有笑的在餐廳前，排起隊來。

原來，日光燈浴是抵抗冬季憂鬱的武器。現身於早餐俱樂部，把冬日憂鬱，一口一口的咬掉，則是慢活居民，抵抗冬季憂鬱的秘方。

波特蘭慢活日子裡的早餐俱樂部，開始於手上握著熱騰騰的咖啡或是印度奶茶。窗外的背景，如果不是陰雲密布，就是細雨綿綿，或是陰雲密布加上細雨綿綿。然後，是永無止盡的擁抱，在談笑聲中與相約的朋友，相互擁抱，然後，話家常。在驚喜的尖叫聲中，與不期而遇的朋友，相互擁抱，分享近況。

把應該擁抱的朋友都抱完後，接下來，是耐心的等待。等待餐廳裡的空位。這些餐廳，等待空位的名單比菜單還要長。還好，家在波特蘭的居民，早已練就一身不怕雨，不怕等的慢活功夫。

這些大排長龍的餐廳，有著許多吸引波特蘭人的共同賣點，它們的菜單，皆以環保觀點為基礎，綠色生活為理念，重視地方土產的新鮮口感，同時配合節令時宜。

餐廳裡的廚師，不是只是煮菜的師父，他們是崇尚慢活的美食家，講究萬物共存共享的環保家，他們也是親手種菜，動手燻肉的自己動手做的生活實踐家。這些既萬能又超能的餐廳，在灰雲陰雨中，閃爍著鑽石般晶瑩剔透的光亮。在不見天日的冬季裡，為家在波特蘭的慢活居民，點亮一天的光彩。

終於聽見一位打扮得像棵聖誕樹的餐廳女侍者，呼喚著自己的名字，看著自己的名字消失在等待的名單上，是一種快樂，是一種喜悅，快馬加鞭，催趕驅逐了冬日憂鬱的魔掌。在脫下一層層保暖防濕的外衣之前，先把拉狗的繩子綁好，抱起小孩，將幼兒推車折疊好。有的人則是先點了一杯血腥瑪莉，再坐下來。

心病要用心藥醫，波特蘭的冬日憂鬱症，得用波特蘭土產的食料所烹調而成的食品來驅逐。

在散發著來自威樂美河的有機奶油香味的美式鬆餅上，淋上瑪莉安黑莓糖漿，或是，楓糖焗烤胡德山蘋果的醬汁。大口一咬，讓波特蘭人憶起了和煦溫暖的陽光。

在酥鬆香軟的比司吉三明治裡，夾著土產蜂蜜所燻烤的培根，和奧勒岡州土產的堤諾瑪切達起司（Tillamook cheddar）。大口一咬，讓波特蘭人從陰沉的天空裡，重新看見明亮的光芒。

在可麗餅裡夾著來自威樂美河的山羊乳酪，和奧勒岡州土產的松露。一道法國傳統煎餅，轉身一變，成了波特蘭人解脫灰雲慘霧的土產食譜。

混合甘藍菜與菲達起司（Oregon Feta cheese）的乳酪香的義大利烘蛋，散發著威樂美河的有機蛋香，讓波特蘭人擺脫綿綿冬雨的糾纏，再次聞到泥土的芳香。

將太平洋西北岸的煙燻王鮭，包在一層又一層的有機蛋餅裡。或是，聚集所有當地的冬季菜葉，大火快炒，包在墨西哥捲餅裡，上頭再灑上切碎的蕃茄，香菜和酪梨。入口一咬，讓波特蘭人甩掉冬季憂鬱的折磨，再度拾回開朗歡樂的情緒。

東西混合，向來是當地創意主廚，最愛玩弄的技巧。以印度咖哩烹調的美式炒蛋，再淋上切達起司，讓波特蘭老饕，讚不絕口。檸檬香茅雞肉三明治，讓波特蘭食客，垂涎三尺。一碗台式焢肉飯，加上一杯咖啡，搖身一變，成了波特蘭市最時髦的早點套餐。波特蘭當地生產的大白菜和高麗菜所醃製而成的韓式泡菜，是近年來最走紅的新秀。有的主廚在韓國泡菜蓋飯中，加上波特蘭出產的蜂糖燻培根。有的主廚把韓國泡菜，包在墨西哥捲餅裡。另外，也有主廚把蜂糖燻火腿肉和韓國泡菜，包在台灣的刈包裡，或是加入日本拉麵的湯頭裡。讓波特蘭人吃得，搞不清東西南北，分不出黑夜白天。

吃完了早餐，大約是下午兩點鐘。天色逐漸清晰，卻依舊陰沉。一天的活動從早餐後開始。攜家帶眷的，得帶孩子上體操韻律課。沒孩子的，得蹓狗去。還沒結婚的，似乎一點兒也不急，慢慢穿上防風防雨的外套，準備去練習瑜珈。

大約下午兩點鐘，過著慢活日子的波特蘭人，一口一口咬完冬日憂鬱，恢復了精神，神采奕奕地，走在綿綿細雨裡，迎接慢活的日子。

與冬天做朋友

一個昏天暗地的周日午後，兩隻烏鴉停在院子裡的菩提樹上。沒有葉子的大樹，不管有多大，看起來就是小了些。站在沒有葉子的樹枝上的烏鴉，不管有多小，看起來反而大了些。

一家三口，把從院子裡撿來的斷樹枝，黏在一塊收回的厚紙板上，搭建了一座小森林。女兒在一張綠色的色紙上，劃了好多葉子，然後將葉子一片一片剪下，黏在光凸凸的樹枝上。我們把這座手工立體森林，放在飯桌上。為我們的家帶來許多綠意。

過了感恩節，波特蘭的白天和晚上，逐漸融合交集，最後成為一幅抽象的潑墨畫。早上起床，雖然知道是白天，但是看不見太陽，因為它總是躲在灰暗的雲層後面，閃爍著波特蘭人看不見的陽光。下午四點左右，灰暗的光線，逐漸走向無底的黑洞，散發著由淡變深的灰黑色系。雖然看不見，但是，心裡明白，閃爍著看不見陽光的太陽，正準備下山去。

除了灰暗，十二月是波特蘭最溼的月份，過了十二月，進入一月，一月是波特蘭最冷的月份。因此，波特蘭的冬天成了一年中最溼最冷的季節。這樣又溼又冷又暗的冬天，聽來十分可悲，但是這個時侯，正是練習慢生活的最好季節。

鄰居甲在冬天練習小提琴，以巴哈的小舞步曲，點亮波特蘭灰暗的天空。鄰居乙在冬天勾毛線襪和毛衣，藉著慢工出細活的方式過日子。許多朋友，在冬天舉行家庭派對，讓孩子們在地下室玩鬧，大人們在廚房品酒，吃起司，分享緋聞，建立情誼。

也有許多朋友們，把地下室當成自己動手做的實驗室。每年冬天，呈現不同作品。有的人自己學釀酒。有的人則是在地下室烘培研磨咖啡豆。還有的，燻肉燻魚。另外也有朋友自發創意，調配各式烤肉醬。這些正是波特蘭慢活日子的要素，自己動手做！

波特蘭的冬天，是看不見太陽的雨季。灰暗的天空，溼冷的天氣，把生活在一起的兩個人的情感，放進考驗的試管裡。我曾經把波特蘭的冬天視為敵人，整天不高興的過著。然後，開始在兩個人的單純生活裡，吹毛求疵。但是，發現瑞克總是在冬天重溫哲學舊夢，把大學主修的哲學系書籍，一本一本捧在手心裡，鑑定珠寶似的細心翻閱。看著他既專注又忙碌而且還很心喜的樣子，讓我懷疑，他是否愛上了冬天。

受到親朋好友與鄰居的啟蒙，同時練習實踐慢活日子，我開始為自己設計不同主題的DIY方案，希望能夠藉此與冬天做朋友。至今，家裡充滿二十個冬季以來，所完成的成品；房間裡的枕頭套。女兒衣櫥裡的小洋裝，女兒畫畫時穿的小圍裙。還有，也為她的熊寶寶做了許多長短不齊的小裙子。廚房裡，掛滿了用有機毛線勾成的洗碗巾。樣式新穎的做菜圍裙，飯廳裡折疊整齊的餐巾布，另外，一家三口肚子裡填滿了各國料理的食譜。

兩百多個陰雨天，鍛鍊出不可思議的波特蘭人，在不可言喻的天氣裡，每年完成不可能的慢活任務。

自己動手做是波特蘭慢活日子的生活方式。當地自已動手做的慢活特色，是有歷史性的。它源自於當地印地安部落的生活文化。編竹籃，說故事，是印地安先民，在冬天打發時間的傳統娛興節目。現代波特蘭人，效仿先民，讓自己沉迷在動手動腦的學習創作過程，讓自己忙碌，讓自己沒有時間和體力抱怨窗外既灰暗又溼冷的天氣。

波特蘭書店裡的書櫃擠滿了DIY書籍，其中有許多是波特蘭當地作者的心得創作。購買有關自己動手做的書籍，更是在冬天高達沸騰點。波特蘭周末市場是一個銷售ＤＩＹ商品的市集，每個周末，擠滿了撐傘和穿雨衣的消費者，前往觀察或是購買其他ＤＩＹ高手的作品。

波特蘭坊間，四處可見自己動手做的課程，有簡易的烹飪課和縫紉課。中難程度的盆栽課程，染布課程，和修理自行車的課程。還有高難度的屠夫課程，教你如何專業式的解剖一整隻豬或牛。只要有人肯花錢學，就有人願意教。這裡也有ＤＩＹ電台節目，邀請高手，指標迷津。邀請當事者，分享經驗談。節目內容不勝枚舉，有教人如何煮果醬，醃泡菜，養蜜蜂釀蜂蜜，到如何動手設計自己的葬禮。五花八門，無奇不有。

與冬天做朋友，讓我品嘗到慢活日子的甘甜，讓我發現自己的雙手是萬能的。讓我領悟到大自然的運作，隱藏著寶貴的智慧。想要取得這項寶貴的智慧，就得先自己動手做。

一八〇五年路易士與克拉克（Lewis and Clark），這兩位美國探險家，成功度過太平洋西北岸悲慘的冬季。這兩位歷史英雄的生存經驗，也成為現代波特蘭人在冬季實踐慢生活哲學的典範。

一八〇四年美國傑佛森總統，指派路易士和克拉克，帶領一隊探險小組，前往當時未知的美國西北岸，進行勘查任務。以完成美國彊土領域的地圖測量記錄，同時查探是否可以從密西西比河的西北岸連接哥倫比亞河，然後通達太平洋。

路易士和克拉克探查隊，包括了一位名叫約克的黑奴，一位法裔加拿大籍的翻譯官和他那聰明機智的印地安妻子，莎卡茱莉亞（Sacagawea），以及他們剛出生的兒子。另外，還有一隻名叫Seaman的紐芬蘭黑狗。他們有驚無險地順利完成了這項具有歷史性的重大使命。一八〇五年十一月，探險隊一行人，終於抵達探勘行程的終點站，與太平洋面對面。勘察任務完成後，探險隊卻因為西北岸的陰寒多雨，被困在當地。最後，探險隊一行三十三人，一人一票，投票決定，停留在當地，度過了冬天，再返回美東。探險隊的投票決議，為美國歷史上，開創黑奴與女人擁有投票權的先例。

探險隊以西北岸特有的西卡雲杉（Sitka）做為建材，在鄰近阿斯托利亞小鎮的林木中搭起了營房。同時以鄰近印地安部落克拉薩（Clatsop），做為營區的名字。一行人在這裡度過了一百零六個冬天。

從營地記錄中顯示，漫長的一百零六天之中，只有十二天沒下雨。漫長的一百零六天之中，只有六天看得見陽光。

雨，這個字，不時出現在克拉克的日記裡；

「雨，一直下，下到了下午三點。」

「已經連續下了十一天的雨了。」

探險隊裡一位名叫約翰的中士，在日記中寫著，

「除了雨，還是雨。真是令人討厭的天氣。」

一百零六個又溼又冷又暗的冬日，對探險隊來說，是一段冗長的煎熬，考驗著人性的耐心與毅力。對家在波特蘭的慢活居民而言，是一段歷史見證，一個先民的榜樣，一個如何在冬天過日子的守則，一個如何與冬天做朋友的真實故事。

從波特蘭開車到克拉薩營地（Fort Clatsop），約需兩小時，曾經多次到營地拜訪，也帶女兒前往參觀了兩次。一九五八年，這個營地被列為國家紀念館。二〇〇四年歸納為路易士與克拉克國家歷史公園的一部份。當年路易士與克拉克探險隊所建的木製營區，已經在十九世紀中期，被雨水腐蝕而摧毀。

一九五五年，主管單位在原址附近，建起了仿製的木建營房。但是，二〇〇五年，一場森林大火將它燒毀。現今所見的木建營房是二〇〇六年所修蓋的建築。

一位解說員在營區為我們介紹，路易士與克拉克一行人，是如何打發又冷又溼又暗的冬日。

「到太平洋沿岸汲取海水，然後帶回營地，煮沸提煉食用鹽。」解說員說著。

我想起了朋友在地下室釀酒醃肉的情景。

「以麋鹿脂肪做成蠟燭。」解說員繼續說。

我又想起了鄰居勾毛線襪的情景，同時也想到了自己為女兒裁縫的洋裝。

「唱歌，玩遊戲。」解說員又說。

鄰居在冬天練習小提琴。朋友在冬天舉行家庭派對。

解說員最後說，「讓自己忙碌，讓自己覺得有用，生命才會強壯，才不會在又溼又冷又暗的冬天裡萎縮。」

一百多個陰雨天，鍛練出不可思議的人，在不可言喻的天氣裡，完成不可能的生活任務。探險隊待在這裡的一百零六個冬天裡，為了避免被壞天氣所吞噬，每位團員努力創作，讓白己忙碌，讓生命堅強，也因此詳細記載了太平洋西北岸動植物的特色與資訊，繪出栩栩如生的動植物圖解，同時細心整理歸納所有的探查行程的記錄。最後，向傑佛森總統呈現了美國歷史上最完美的探勘報告。

多虧了那一百零六個又溼又冷又灰暗的冬日！

角落裡的松香

走在胡德山腳下的森林裡，發現原來每一棵樹長得都不一樣。就跟人一樣，每一個人都有自己的樣子，無論長得如何的相似，仔細看還是可以看得出鼻子的高度或角度的不同，嘴角形狀的差別，或是眉毛彎度的區別。然而，最能代表獨立個體差異的；不是具象的五官，而是抽象的神態，每一個人都有自己的樣子。就跟這些站在森林裡的樹木一樣，雖然每一棵樹，都有相似的樹幹和枝葉，每一棵樹都擁有自己的樣子。仔細看，可以看得出這棵樹東北面的枝葉茂盛了些，那棵樹的枝幹似乎只朝著南面三十度的方向生長。站在我面前的這棵大樹，則是只顧著長高，細長的樹幹，沒有什麼枝葉。每一棵樹都有獨特的神態，就像人一樣。

原來，樹就像人一樣。

因為，樹就像人一樣，許多奧勒岡人開始把樹當人看。每當伐木公司準備砍伐林區，樹居抗議（tree sitting）的活動就隨著展開。

樹居抗議是一種溫和，非暴力的抗議活動，以保護生態環境。籍由抗議者居住在高高的樹上，以防止砍伐樹林的行為發生。西元一九九八年，樹居抗議者住進奧勒岡州fall creek林區的高樹上，抗議美國森林服務局出售九十六英畝的原生古木林區，其中包括許多七百歲的古木。從樹居在一棵名叫快樂的樹上，延展成擁有七棵高木的樹居小村落。樹居抗議者在樹上這麼一住就住了四年，成了奧勒岡州樹居最長的抗議活動。這四年當中，美國森林服務局被告，因為沒有進行完整詳細的林木報告就販售林區。二〇〇二年，森林服務局調整出售內容，將計畫出售的九十六英畝的林地縮小成二十九英畝。

樹居抗議並不見得可以阻止林地的販售和砍伐，但是它可以延長出售簽約和砍伐的日期。同時可以引起社會的關切與民眾的輿論。另外，它還可以提供時間，收集資料線索以做為法律訴訟的證據。因為，貪官到處都有，懶官四處都是，而且，賄賂只是另一種做事的方法。因此，樹居抗議期間，是良心和法律重新運作的時期。

樹居抗議是溫和的環保抗議活動，但是它並不保證絕對安全。二〇〇三年，為了抗議胡德山區eagle creek林地的出售，樹居的一位女大學生從一百五十英呎高的樹上掉落身亡。

樹居抗議是溫和的環保抗議活動，但是樹居抗議者仍面對違法的處境。二〇〇九年，一位女大學生樹居八十一小時。成功的表達了她反對濫伐林木的政策，從五十英呎高的白松木爬下後，立刻收到一張非法侵佔的罰單。

地球日是樹居抗議最踴躍的日子。二〇一二年，報上刊載著樹居McKenzie Bridge以慶祝地球日，藉機喚起民眾對正在企劃中的林地出售案的關注。

美國西北岸是百齡古木的家鄉，這些高得即使是電動升降機也搆不到的高樹，成為樹居抗議的理想環境。如果升降機搆不到的話，權力單位就無法強力驅逐樹居抗議者。在樹比人還多的奧勒岡州，樹居抗議十分普遍。

如果沒有抗爭活動，愛樹成痴的州民，則將樹居當成一種休閒活動。位於奧勒岡州南部，有一處樹屋休閒區（Out and about treehouses），為旅客提供住在樹屋的自然原味體驗，休閒區同時提供有在樹群間高空滑索（Zip Lines）的泰山式原野樂趣。幾年前，一家三口在樹屋休閒區度假，女兒每天在樹群間玩著高空滑索，與樹建立了深刻的情感。

在奧勒岡州，許多樹痴愛樹源自於，對保護自然生態的忠貞信仰。也有許多樹痴愛樹是，因為得靠著樹過活。這裡除了有百齡古木和原生林，還有私人經營的林場。樹，是奧勒岡州主要經濟來源，其中以果樹和聖誕樹最具價值。

在多雨的寒冬裡，萬物沉寂，所有的果樹們被剪得矮小光凸，以儲具養份，等待春天來臨，開花結果。在這個寒冷時節，松樹和杉樹，成了冬季市場的救星。一棵棵伸展著茂盛綠葉的長青樹，在灰暗的冷地裡，散發著象徵希望和金錢的光彩。

聖誕老公公是奧勒岡州的財神爺。沒有聖誕節，就沒有聖誕樹的市場。沒有聖誕樹的消費市場，將使得沒有購物稅收的奧勒岡州，加深經濟收入拮据的困難。奧勒岡州擁有全美國最大的聖誕樹市場。州內超過七百個林場（tree farm），每年培植近七百萬棵聖誕樹。在感恩節過後，這些私人經營的林場，開始砍划包裝，趕在聖誕節前夕，運送到加州，墨西哥，香港，中國和日本。

樹是慢生活的居民。在慢活的日子裡，樹就像人一樣。

慢活居民波特蘭人，向來不贊成殺生只是為了虛榮華麗的裝飾。樹痴開始把私人經營的林場裡的聖誕樹也當人看。因此，許多波特蘭居民，放棄聖誕節的傳統，拒絕在十二月初到私人營業林場裡砍下一棵聖誕樹，將它綁在車頂上，駛過長長的公路，搬進客廳的角落裡，做為聖誕節的裝飾品。

愈來愈多波特蘭人把聖誕樹當人看待，「砍樹等於殺生」的標語，開始出現在貼在車尾的貼紙上。聖誕樹的經濟市場在奧勒岡州的最大都會城市裡，一路下降。許多小型林場面臨破產的困境。然後，「拯救當地林場」的口號開始出現在傳播媒體，為家在波特蘭的居民宣導；私人經營林場裡的聖誕樹，就像菜園裡的蔬菜一樣，是經濟農作物。

波特蘭人面臨兩個對立的議題，開始思考：應該加入「砍樹等於殺生」的陣容？還是支持「拯救當地林場」的立場？就在經濟蕭條的風暴愈捲愈大的同時，「拯救當地林場」的想法，逐漸產生效應。波特蘭人重拾聖誕節的傳統，開始在聖誕節前夕，一家大小，和兩隻狗，到山區的經濟林場裡，用傳統的木鋸，慢慢鋸下一棵六英呎高或是十英呎高的冷杉或是松樹，付了五十美元或是八十美元，然後把冷杉或是松樹綁在車頂上，一路開回家。站在客廳或是飯廳角落裡的冷杉或是松樹，披掛著五顏六彩，各形各色的裝飾品後，就不再是冷杉或是松樹，這些不同品種的常青樹，全部變成了聖誕樹。

婚後的前十年，我們從來不需要在「砍樹等於殺生」和「拯救當地林場」兩個敵對的標語中思考與掙扎。家裡一棵三十公分高的松樹盆栽，是我們家的聖誕樹。但是，種在花盆裡的松樹逐漸凋萎，女兒三歲那年的秋天，花盆的松樹失去了所有的針葉，只剩下一根枯乾的木枝。那年冬天，經過深思熟慮，我們計劃加入「拯救當地林場」的陣容，計畫帶女兒上山砍聖誕樹。不料，當時只有三歲大的女兒拒絕上山砍樹。

莫非，女兒已經加入「砍樹等於殺生」的陣容？

那年的聖誕節，我們家的聖誕樹是一根萎縮到二十多公分長的乾木枝。那年的聖誕樹，讓瑞克覺得十分對不起他的德國老祖宗。德國人對聖誕樹的堅持，就像美國人信仰火雞大餐一樣。

隔年的聖誕節，為了發揚德國祖先的傳統文化，瑞克建議，家裡的聖誕樹應該具備兩個條件。第一，必須比女兒高。第二，必須要有樹葉。與當時四歲大的女兒溝通後，我們在社區裡的超級市場前，買了一棵從鄰近的經濟林場運來出售的小松樹。

幾年後，女兒長大些，想法也改變了，或許是受到朋友的影響，也可能是學校開始解釋經濟農作物與自然生物的不同。我們一家三口，終於來到了胡德山腳下的林場。站在冷杉林地裡，一邊冷得打哆嗦，一邊挑選一棵完美的聖誕樹。

六英呎高的冷杉，好大一個個頭，一身綠意，斯文有禮地站在客廳的角落裡，卻一點兒也不沉默。它所散發出的針葉清香，就像一首一首溫和柔美，充滿生命活力的詩篇，輕柔細語的圍繞著我。這是我第一次與長得比我還高的聖誕樹，朝夕相處。這個經驗讓我明白了，為什麼每一戶人家需要一棵新鮮的聖誕樹來過冬。

自從聖誕樹仕進客廳後，我總是興奮的從與黑夜沒兩樣的冬日早晨醒來，急忙起床，端著一杯奶茶，坐在聖誕樹的對面，看著聖誕樹上閃閃發亮的小燈光。聞著四處飛舞的淡淡針葉香。品味生活中簡單的快樂，感激生活中簡單的幸福，實踐慢生活的要素。

生活中簡單的幸福，經常因為它的簡單而被忽略了它的寶貴性，然而，年紀大的好處是，終於有足夠的生活經驗與時間，重新評估生活的價值。在冬日裡，聞著從閃閃發亮的聖誕樹傳來的針葉香。我記起了生活中簡單的幸福；和阿祖坐在澎湖廟口前乘涼，大口吃著爸爸做的察哈爾式麵餅，和母親講越洋電話，被心愛的人摟在懷裡，握著女兒的小手，還有，與好友聊起二十多年前的往事。

一月的第二個週末，是社區回收聖誕樹的日子。社區小學的操場上，一棵又一棵功成身退的聖誕樹，斯文有禮的排列成一個小型金字塔，卻一點兒也不沉默，它們所散發出的針葉香，瀰漫著整個操場，像是最後的安可曲。

聖盛節過後，客廳裡的角落空了出來，但是冷杉的針葉香仍然佔據著空間。我一直保留著客廳角落的空位，因為它是針葉香的角落。它是在慢活的日子裡，回味簡單的幸福的角落。

上滑雪課

女兒從小就和我們一起穿著雪鞋（snow shoes）在雪道上健行。三歲的腳丫子，穿著一雙竹木筏似的雪鞋，搖搖擺擺，一彎一扭的在軟綿綿的雪地上，留下小小的竹木筏狀的長條橢圓形鞋印，向來是我最喜歡的冬景印象。

經常，一家三口，肩上揹著放在保溫盒裡的餃子，放在餐盒裡的果醬三明治，熱騰騰的雛菊茶，還有蘋果和葡萄。一步一腳印，慢慢地走在胡德山區的雪地步道上。邊走邊聊天，邊走邊賞景。一步一腳印的實踐牛步般的慢活日子。

慢活日子的特色是緩慢生活的步調，以利於在生活的過程中，進行冥想，溝通和分享。同時進行自我反省，與生活環境建立良好情感。我發現走路是進行冥想的最好方式。尤其是在雪道上健行，充滿了好情調與浪漫氣氛。

胡德山的森林保護區，在披上一層雪衣後，完全變了樣。比我還高的積雪，把光凸凸的落葉林木，埋得只看見兩三根樹枝。即使是松柏常青的林木，也躲不過雪花的糾纏，終年常綠的針葉上，披滿了一層又一層的白色雪花。披著雪景的大自然，看起來很陌生，同時又很熟悉，那是一種很神奇的感覺，就像旅行到陌生的國度，說著沒有人懂的話言，聽著聽不懂的當地話，吃著從來沒吃過的食物，以一種熟悉的方式過著陌生的日子。

冬天，利用周六或周日，到山裡的雪道上，走個三或四個小時，享受冰天雪地的雪道健行情調，是波特蘭慢活日子裡的幸福。四季積雪的胡德山（Mt. Hood），就站在波特蘭市的東北面，九十分鐘的車程，可以直達山區。山區內的各個雪場，分別備有完善的高山滑雪區（downhill skiing），越野滑雪道（cross-country skiing），和雪鞋健行步道（snow shoes trail）。另外，還有兒童專用的雪地遊樂場。還記得女兒四歲大時，在雪地遊樂場內，一騎上雪地越野車，就不肯下來。

在雪場旁，也可以看見許多自得其樂的玩雪遊客。一個個穿得圓滾滾的，包裹得像個粽子似的大人和小孩，拉著肥胖的大輪胎，牛步走上大雪坡，然後一屁股坐在輪胎上，一路滑下坡，享受輪胎滑雪（tubing）的樂趣。胡德山的雪地樂趣，讓家在波特蘭的居民，暫時忘了滴在山下城裡的冬雨，專心歡頌飄在山上林裡的冬雪。

女兒六歲的那年冬天，一如往常，一家三口在雪道上健行，享受寧靜祥和的雪景，體驗一步一腳印的安全踏實感。忽然，五或六位高山滑雪者，從雪鞋健行步道旁的高山滑雪道，英雄似地臨空而降，同時賣弄著高山滑雪特技，以犁式轉彎，呈之字形的圖案，一路快速下坡，呼嘯而過。從滑雪板上噴起的雪花，啪啪作響的打在青蔥油綠的針葉樹上，驚醒了雪鞋健行步道上的平靜，嚇跑了兩隻松鼠，三隻藍鵲，同時也拐走了女兒的心。

「我也要從高山上滑雪而下！」還等不到我們的回應，女兒又說了，「我不要一直走，一直走！」

竟然拒絕如此天然美景，祥和寧靜的氣氛，當時真的覺得，六歲的小孩，真是無法理解，又不可理喻。

瑞克開始從運動傷害的醫學觀點為六歲的孩子分析，高山滑雪所造成的運動傷害包括有；膝蓋扭傷，手腕扭傷⋯⋯，還沒提到最常見的骨折和最令人擔心的腦震盪，女兒又不耐煩的叫了起來，「我要從高山上滑雪下來，我不要走（hike）了，我要用滑（ski）的。」

瑞克和我，四眼對望。一時之間，無言而語。許多想法和思考，快速在為人父母的腦袋裡激盪著。

曾經年輕過，曾經走過那段只追求快感和動感的年少輕狂的旅程。現在，步入中年，明白曾經年少無知的那段旅程，埋伏著無數不可預測的險境。年少的快感與動感，對中年的媽來說，隱藏著造成身心傷害的危險。

「這就是太老生孩子的缺點吧！」我對瑞克說。

生活的經驗讓我老得無法與孩子同步瘋狂冒險。

正在成長茁壯的孩子，當然響往速度的快感。如果可以像老鷹一樣，飛翔穿梭在高山峻嶺之間，誰還願意當一隻蝸牛，慢慢的在雪地上爬著。

為了不讓自己承受擔心的煎熬，我有權力犧牲孩子冒險的勇氣嗎？

為了不讓自己承受擔心的煎熬，我有權力拒絕孩子學習的樂趣嗎？

一星期後，我們帶著女兒到胡德山上的一所兒童滑雪學校報名。女兒興奮得笑個不停。

填好報名表格後，兒童滑雪學校的人員很快地與我們道別，然後，直接把女兒帶進器材室。我自告奮勇的要幫女兒量身高，量體重，穿戴滑雪鞋，雪橇和安全帽。但是，一位女性工作人員很有禮貌地拒絕了我。

為了避免父母親的多憂多慮和囉嗦，填完報名表，繳了費用，為人父母的就得離開。那位女性工作人員很小心的為我解說，因為，父母的憂慮會影響孩子學習的心情。

我忐忑不安的看著女兒和老師走進器材室，小小的個子，一蹦一跳的，看起來好開心。

「別擔心。」瑞克對我說。他看起來並不比我放心。

「摔過幾次跤後，她大概就不會再吵著要從高山上滑雪而下。」瑞克說。

太老生孩子，不禁讓我的心變老了，也讓我的腦袋變鈍了。

於是，我衷心期待著女兒能夠摔幾次跤，然後，自我發現；雪地健行實在安全多了。從此，不再提起高山滑雪一事。

下午去接女兒時，看著她穿著厚重的滑雪鞋，雙手捧著快要和她一樣高的雪橇，戴著安全帽，慢慢從雪地走進器材室。

突然，發現她看起來好像太空英雄，剛完成登陸月球的使命，光宗耀祖的返回地球。

「好玩嗎？」我小心地問女兒，同時擔心她會點頭說好玩。

女兒猛點頭，興奮得笑個不停。

「有沒有摔跤？痛不痛？」瑞克接著問。

「都沒有摔跤！」女兒回答，還是興奮得笑個不停。

竟然沒有摔跤！

剎那間，為人父母的我們，覺得好失望。

滑雪老師過來和我們說話，直誇女兒有滑雪天份。我的心又沉了下來。

接下來的幾星期，又帶著女兒上山學滑雪。

隔年的冬天，一如往常，我們一家三口在雪道上健行，享受寧靜祥和的雪景，體驗一步一腳印的安全踏實感。

走在健行雪道上，女兒問，「什麼時候才可以再去上滑雪課？」

原來，她並沒有忘記高山滑雪這件事。

每次計畫帶女兒去上滑雪課，就會聽見朋友的孩子因為高山滑雪，摔跤骨折。要不就是朋友的朋友的孩子，因為高山滑雪，摔跤住院。我們一拖再拖，在春季之前，以敷衍了事的心態，又帶女兒去上了一次滑雪課。女兒興奮得笑個不停。

我和瑞克心裡明白，推卻延遲，並非長久之計。

經過無數個失眠的夜晚的討論，我們終於了解，增強女兒的高山滑雪技術是保護她的最好方式。

女兒八歲那天的冬天，我們一家三口在胡德山住了五天，全家人一起上滑雪課。

第一次上滑雪課，我把孔夫子的「進大廟，每事問」的精神發揮得淋漓盡致。

「這裡是哪裡？」

「器材室。」一位名叫傑夫的工作人員回答。

每個人忙著脫下鞋子，開始聞到一股奇怪的腳味。有的人在量腳丫子的尺寸，有的人趕快再穿上第二雙襪子以加強保暖。

「那是什麼？」

「高山滑雪鞋。」傑夫從架子上取下一雙鞋，要我試穿看看。

一雙又一雙的高山滑雪鞋，光滑潔淨的掛在一排又一排的鞋架上。仔細看了看，好像太空人穿的太空鞋。

「那是什麼？」

「高山滑雪橇。」一位名叫賴利的工作人員，正在以目視測量我的身高。

一片又一片的高山滑雪橇，看起來像衝浪板，閃爍著潔白的亮光，好神氣的模樣。

穿上高山滑雪鞋後才明白，高山滑雪鞋是穿來站在雪橇上的，不是穿來走路的。因為，走起路來十分痛苦，好像是穿上一雙大鉛球。這時，教練邁克走進器材室，大聲叫喚學生的名字。

看到我走路的痛苦掙扎模樣，教練邁克站在我後頭喊著；腳跟先著地。接著他要我聽著他的口令，練習走路。然後，他像個軍校教官，開始喊著：腳跟，腳尖！腳跟，腳尖！

像企鵝一般，我左右搖擺，穿著一雙大鉛球似的高山滑雪鞋，一路走向滑雪場。好不容易花了十分鐘走完二十多步路，才發現兩根像竹干一樣長的滑雪杖，還留在器材室，只好再穿著大鉛球似的高山滑雪鞋，走回器材室。

一頭大汗再度走回到滑雪場，還沒有開始上課，已經累得只想坐下來，喝杯茶。然後，教練邁克告訴我，就在我走來走去的時侯，女兒已經搭上纜車，和教練到位於半山腰的雪道上滑雪。

站在空曠的雪地上，細柔的雪花不斷地從天而降，為看起來已經很柔軟的雪地，添加更多的彈性。

「我將先學些什麼？」大朵大朵的雪花，飄落在戴在臉上的防雪護鏡上，讓我無法專心，完全分散了我的注意力。

「先讓你的身體適應高山滑雪鞋的重量，然後學習在平地上滑行，和穿著雪橇走路。」教練邁克回答。

第二天的課程，我花費了一上午的時間，學習如何在滑溜溜的雪地坡道上，慢慢滑行和停止。

女兒已經在高山上的雪道，來回滑行了好幾趟了。

滑行在高山雪道，在八歲女孩的心裡，象徵著驕傲和自信。但是，在母親的眼裡，卻代表著高峻的陡坡，快速的滑行，急速的轉彎，和數不清的危險。

「保護她的最好方式，不是逃避和禁止，而是訓練和加強她的技術。」瑞克再次提醒我。

「我真想到雪地上慢慢的散步，而不是從高山雪道上急速滑雪而下，這實在不是中年人的娛樂。腰酸背痛像是一雙魔掌，擠壓扭曲著我的身體，讓我寸步難行。」我抱怨著。

瑞克認為我們應繼續學習滑雪，同時努力追趕上女兒的程度。

「為什麼呢？」我們一把老骨頭，追趕得上八歲小孩嗎？

「我們要比我們的孩子強！」瑞克很爭氣的說。

中國父母總是要孩子比父母強，但是，我的美國先生卻要父母比孩子強。

一時之間，覺得自己真命苦；從小就扛著要比父母強的使命。好不容易，當了母親，一把老骨頭還得繼續努力，要比孩子強。

「如果我們不認真與孩子一起學習成長，如何說服日漸茁壯的孩子，繼續愛他那逐日衰老的父母。我們當然要期許自己比我們的孩子強，這樣我們的孩子才會永遠愛我們。」瑞克反駁。

原來，這一切都是為了愛。

忍著全身酸痛的苦楚，我完成了三天的滑雪課，終於可以在初學者雪道上，不慌不忙，不尖叫地滑行而下，最後慢慢的停止在雪道上。

瑞克繼續跟著教練，練習高山滑雪的技術，企圖追趕上女兒的程度。

女兒繼續跟著教練，在雪山上暢快滑行，享受高空凌下的快感。

由於，我和瑞克的滑雪技術都沒有女兒強，因此我們一直無法與女兒一起享受全家滑雪的樂趣。一想起這點，我忽然明白瑞克的話，真希望當父母親的我們，比女兒強。

接下來的幾年，我們的慢活日子裡，出現了許多女兒滑雪的課程。我則是繼續走雪道，在雪地上健行，在雪景中冥想。

送女兒去上滑雪課時，我總是站在雪場上，提心吊膽又洋溢著驕傲，看著女兒小小的個子，尾隨於教練身後，身手敏捷的滑行在高低起伏的雪道上，朝著前往高山的滑雪纜車前進。她的小小個子，愈來愈小，愈來愈模糊。遠處中的高山纜車，愈爬愈高，高上了雲霄。我開始明白，這就是為人父母的滋味。提心吊膽又洋溢著驕傲，看著女兒的背影，離我而去，愈去愈遠。

五月

正在畫畫的女兒，忽然抬起頭，對著窗外，下得稀瀝嘩啦的春雨，唱起歌來，「April showers bring May flowers。」

四月底的春雨，雨點大，雷聲響，下完了溼答答的四月雨，就可以迎接五月的艷麗春花。這句英文諺語歌詞，意喻著苦盡甘來。

但是，這句諺語在波特蘭卻行不通。因為，波特蘭的春雨，可以死心蹋地的下到六月中旬，雨滴可以滴到春天的最後一天。

四月的雨還沒帶來五月的春花，就先把院子裡開得正美的櫻花，淋得七零八落。

我一直覺得波特蘭的櫻花，是全世界最禁得起折磨的櫻花。在春雨中含苞待放，在春雨中綻開花容，在春雨中抗爭生存。沒幾個星期後，隨著春雨飄落。飄零散落的雪白或粉紅的櫻花瓣，鋪滿一地，這樣的場景，要是讓紅樓夢裡的林黛玉看見，可就麻煩了，要埋葬這些波特蘭的櫻花，大概得花個十多天的功夫。

藉著這個現實的情境，我告訴女兒，中國文學中著名的故事「黛玉葬花」。唸小學的女兒，聽了故事後的直覺反應是，

「她（黛玉）在做堆肥嗎？」

真不愧是波特蘭的慢活居民，提起落花，就想到堆肥。

我向來喜愛五月，覺得它是一個充滿生命力的月份。

五月的慢活特色是，耕種。

這個月份，波特蘭的慢活居民，如果不是蹲在菜園裡，就是蹲在花園裡。

在花園或菜園裡勞動，是慢活日子裡的一種修行。

在勞動的過程，認識自己的身體，明白維護健康的重要性。了解健康的生活環境和健康的飲食是維護身體健康的關鍵。

在勞動的過程，與天地萬物建立情感，培養感恩之心。

慢活日子的目標是，健康的身體和感恩的心。

如果沒有經歷過汗滴禾下土的辛苦，是難以體驗粒粒皆辛苦的感恩心情。現代科技的便利與現代生活的急促步調，讓現代人失去了汗滴禾下土的體驗機會，連接著也失去了感恩的心。

慢活居民波特蘭人對勞動，有著忠誠的信仰。因此五月一日國際勞工節，在波特蘭當地是個人節日。許多團體，為響應國際勞動節，穿著雨衣，淋著五月雨，在市區內舉行遊行慶祝活動。但是，因為國際勞動節並不是美國的國定假日，所以上街遊行的居民們，得先向老闆請假。

美國的勞工節發生在九月的第一個星期一，資本主義社會中的勞工節，在波特蘭市成了菜園和花園的成果展節日。彼此呼朋引伴，野餐烤肉，共享慢活中勞動的美味。

五月一日，也是五月節（May Faire）。這是一個來自中世紀的歐洲民俗節慶。尤其是在德國，奧地利和英國等鄉村地區，五月節是迎接春神的鄉村嘉年華會。

每年，華德福學校（Waldorf School），會在校園裡舉行五月節慶典。參加的民眾，穿著融合嬉皮式的碎花補丁長裙或牛仔叭吧褲，不論男女老少，頭上都插著一朵象徵春天的小花，興高采烈的相互點頭問好。好像回到了美國的嬉疲年代。

除了到處可以看見花圈，花環和花束，象徵生命力的初生的小狗，小貓，小羊和小雞，各自在它們所屬的柵欄內，東跑西跳。蹲在柵欄外的孩子們，看得好專心，也好開心。

接著，孩子們會耐心的排著隊伍，等待搭乘驢子拉的小木車。或者，在臉頰上和手背上，畫一隻蝴蝶或小瓢蟲。

我喜歡觀看五月節慶典中的木柱舞。一根高達雲霄的長木柱，豎立在綠油油的草地上。木柱上頭綁著數十條長彩帶，數十位男孩和女孩，一人握著一條彩帶。女孩們穿著白上衣和白裙子，順著時鐘方向舞動。男孩們身穿白上衣和卡其褲，逆著時鐘方向舞動，隨著音樂的節奏，孩子們前後左右交叉的跳著舞。一邊跳舞，一邊為高達雲霄的木柱編織彩衣。

我也喜歡木棍舞和手帕舞。尤其是木棍舞，身穿黑西裝的男子，有的人把臉塗黑以象徵勞工，有的人留著大鬍子，手持木棍，手足舞蹈的相互敲打，黑西裝上的紅色，綠色或是紫色的彩帶，也跟著在空中舞動著。這些英國傳統民俗舞蹈，讓我連想起英國文豪莎士比亞，還有英國國菜，炸魚塊和薯條。我們經常利用五月節的慶祝活動，為女兒介紹德國和英國的傳統生活。藉機讓女兒認識她的德國與英國的老祖先的歷史文化。

與五月節相差不遠的是，世界迷宮日（World Labyrinth day）。每年五月五日，追求心靈養生的波特蘭慢活居民，會前往提供有迷宮走道圖騰的場所，順著印在地面上的環狀的步道，一步一步慢慢的走在圖騰步道上，在慢步行走的過程中，進行冥想。

雖然，不曾在五月五日這一天走迷宮，進行冥想。卻在五月的其他日子裡，和女兒在桑默斯上校公園（Colonel Summers Park）內，繞著迷宮圖騰騎單車。桑默斯上校公園，這是波特蘭市唯一一座設有迷宮圖騰的公共公園。它為波特蘭的慢活日子提供一處順著圖騰慢慢走，慢慢想的公共場所。

歷史上最早的迷宮紀錄是，位於希臘克里特島上的克諾索斯迷宮。二十多歲時，曾經與好友前往一遊。兩個初生之犢不怕虎的年輕女孩，站在斷垣殘壁的廢址中，企圖在生活迷途中尋找出路，尋找生命的真諦。

迷宮來自於充滿眾神的古希臘。接著，開始出現在教堂裡。

曾經，在巴黎過聖誕節。利用一整天的時間，我們跟著一位大學教授在夏特大教堂裡參觀，聆聽解說。這座建於十二世紀的法國哥德式教堂，以巧奪天工的建築技藝，和完整保存的特色，被聯合國科教文組織列為世界遺址。為我們講解的教授說，教堂裡的迷宮，象徵一道接近上帝的捷徑。

夏特大教堂裡的迷宮，直徑約有十三公尺寬，迷宮內畫有十一條環形路線。這些環形步徑，如果拉成一條直線，一共長達兩百六十二公尺。由於步徑的寬度只有三十三公分，一次只限一雙腳使用，沒有借過，也不能超過。講解的教授說，走完迷宮內所有的環形步道，大概得花一小時的時間。人們走在盤旋彎曲的步徑圖騰上，邊走邊祈禱，走到中心點，就可以更接近上帝。

波特蘭的慢活文化裡，迷宮不再局限於狹窄的宗教意義。許多醫院設有迷宮建療中心，為傷身或是傷心的病人，提供一個可以冥想癒療的步道。

在西方，冥想的步道是環形狀，但是，在日本京都，卻成了一條長長直直的步道。喚為哲學之道。多年前的一個五月天，旅遊京都時，曾經走在哲學之道上，曾經試著感受哲學大師西田幾多郎，邊走邊想的情境。可是，步道上旅客眾多，嘰嘰喳喳，同時得為正在拍照的旅客，繞道而行。一條直直長長的路，走起來歪歪扭扭，還有，不時有蚊子從步道旁的大水溝飛來突襲。

一百多年前，西田幾多郎融合東方與西方的思想，以「純粹經驗」的理論為出發點，藉著走在哲學之道上，深思冥想，完成了他的代表作品「善的研究」。

當他走在步道上，他在想些什麼呢？

他曾經被從大水溝飛來的蚊子咬過嗎？

家在波特蘭的院子裡，五月時節，可以看見矮矮的藍莓樹，開出一小朵一小朵的白花。女兒總是開始猜測，在院子裡飛來飛去的蜜蜂，是否會努力的採蜜，同時為我們的藍莓受精結果。這個時候，也是打電話給住在太平洋另一端的母親，對她說聲，母親節快樂！

漫步來到五月中旬，院子裡的一丈紅開始抬起頭來，一朵一朵的小花，爬樓梯似的，由下而上，綻放出奼紫嫣紅的色彩，為整個院子帶來春光無限。我向來喜歡一丈紅，覺得它是最好奇的花朵，無論是長在英國的鄉村小屋矮石牆內，或是，在巴黎郊區的莫內花園裡，還是，家在波特蘭的後院竹籬笆旁，老遠就可以看見它，好奇的東張西望，同時對著路人甲或路人乙點頭微笑。

長在日本的一丈紅變成了蜀葵。日本平安時代（七九四——一一八五），每年五月十五日，王宮貴族們將象徵趨邪避凶的蜀葵葉，掛在牛車和馬車上，以驅逐即將活躍在悶躁暑日的細菌和病毒。後來，京都葵祭成了旅遊景點，曾經擠在京都御所前，看著以蜀葵裝飾的遊行隊伍，慢慢的走向下鴨神社，跟著日本人分享趨邪避凶的福氣。也讓我與一丈紅的感情更加親近。

五月的第三個星期五，來到東京淺草，正好可以看見穿著丁字褲的日本男子，扛著金碧輝煌的神轎，在燦爛的春日下，左右梘動，前後舞蹈。「Wa-Shai」的吆喝聲，整齊劃一，響徹雲霄。淺草三社祭，藉由地方社團的合作，在春日下呈現了力與美的結合，人與神的同歡。這樣的春日節慶與西方的五月節有著異曲同工之妙。

大概這個時侯，我會接到母親從太平洋的另一端，打來的電話，

「端午節快到了，有沒有去買粽子吃呢？」

即使家裡沒有粽子，被母親這麼一問，我總是可以從內心深處，聞到一股粽葉香味。

慢活的日子裡，一步一步慢慢走，一分一秒慢慢過，生活總是充滿了期待與喜悅。

當地人的慢活日子

不穿衣服沒關係

COLLIN'S BEACH
CLOTHING OPTIONAL AREA
SAUVIE ISLAND WILDLIFE AREA A FEDERAL AID PROJECT
NOTICE
PARKING PERMIT SYSTEM
OREGON DEPARTMENT OF FISH AND WILDLIFE
LITTERING OR GARBAGE DUMPING IS PROHIBITED
Please pack out your garbage and take it with you. $513 fine for littering.
Por favor, lleven toda la basura con Uds. Hay una multa de $513 por tirar basura.
UNAUTHORIZED REMOVAL OR DUMPING OF ANY MATERIAL PROHIBITED
VEHICLES PROHIBITED OFF ROADS
Do not leave Valuables in your Vehicle.
No dejen objetos de valor dentro del coche.

和一群陌生人，坐在樹林裡的沙灘上。威樂美河（Willamette River）的河水，靜悄悄的流過沙灘。微風徐徐，輕聲細語的在樹林裡繞來繞去。偶爾聽見從藍天白雲裡，傳來一兩聲野雁的叫聲。和煦的太陽光，照得整個人，從頭暖到腳，再從手指頭暖到心坎裡。

波特蘭的夏天，讓我想起小時候，握著澎湖阿祖的那雙溫暖的大手；從手指頭暖到心坎裡，再從心坎裡燃起一股溫暖和安全的感覺。最後，臉上自然的露出一個滿足的微笑。

瑞克就坐在我身旁，無憂無慮，自言自語的說著；每一個現代人都需要一片裸體沙灘，來喚醒被文明塵埃所掩蓋的原始之心。說完話後，他和坐在旁邊的一群陌生人，不約而同的脫下衣服，像兩歲娃兒似的，好高興的光著身子，在沙灘上跑了起來。

這是波特蘭當地人的慢活日子；在不穿衣服也沒關係的沙灘上流連忘返。

我很不合群的穿著泳衣，在沙灘上享受日光浴。經常很抱歉的承認，自己總是無法牢得中國的傳統規訓。卻在這個節骨眼上，竟然記得禮記上說的，冠毋免，勞毋袒，暑毋褰裳。再怎麼熱，也不可以掀衣服，更別談脫衣服了。更何況；波特蘭的夏天，一點兒也不熱。牢記道德禮數的我，看著當地許多男女老少，自由自在的光著屁股，在艷陽下，沙灘上，跑來跑去，走來走去。赤裸的身體，讓我連想起原始的自由。

這裡是波特蘭市合法的公共裸體沙灘；科林斯沙灘（Collins Beach）和華頓沙灘（Walton Beach）。

美國的許多州法皆有禁止於公共場所裸體的明文規定，還好，許多州也都規劃有合法裸體的公共沙灘，讓嚮往裸體的人，鬆一口氣。

波特蘭市的裸體沙灘，就位於蘇維島（Sauvie Island）上，距離波特蘭市區只有二十五分鐘的車程。裸體沙灘是慢活居民的聖地。當地人來到這兒，為的是在慢活的日子裡體驗初生的原始自由。雖然，偶爾會看見幾個愛表現的人，展示著赤裸身子上的紋身圖騰，或是炫現著穿戴在胸部或肚臍的飾品，大多數的當地人到這兒，只是要脫光衣服，放鬆整個身子。只是想以赤裸的身體，進行無絲無掛的冥想。

我坐在樹林裡，看著悠閒自在的裸體人群，想起了小學六年級的時侯，從一本書裡看見了維納斯的誕生（The Birth of Venus）。站在大貝殼上的維納斯，是我印象中的第一位裸體女人。維納斯真實的人體形象，所展現流露的良善純美氣質，為年少的我，留下深刻的印象。同時，讓我對十五世紀的義大利畫家波提柴利（Sandro Botticelli）崇拜不已。後來，又在高雄莒光市場旁的一間書店裡，看見了書中裸體的大衛雕像。他是我所見過的第一位裸體男子。大衛完美的身材比率，剛柔兼具的肌肉與骨格，再度為我留下美好的裸體印象。它的創造者：米開蘭基羅，從此住進我的腦海裡。

在台北唸書時，曾經在公館的一間書店裡，看見日本浮世繪（Ukiyo-e）中半裸的女子。脫衣服脫到一半的仕女圖，看起來有點害羞，有點性感。半裸的身體，所呈現的美感不再是良善的純美，一種誘惑挑逗的情緒在畫紙上跳動著。驚訝的發現，原來裸體人像，也可以呈現如此的感覺。

日本浮世繪中的半裸女仕，讓我想來又想去，陷入迷惑與矛盾的空隙中。還好，後來又認識了夏卡爾的畫作，裸露上身的新娘，在空中飛舞著，良善真誠的裸體形象，又回到我的心坎裡。

曾經站在奧賽博物館裡，目不轉睛的看著馬奈（Manet）所畫的奧林匹亞（Olympia）。這是一幅模仿文藝復興畫家提香（Titian）的畫作，烏爾比諾的維納斯（Venus of Urbino）。

馬奈將提香所畫的裸體女神維納斯，換成等待接客的裸體女子奧林匹亞。在當時引起一陣不小的緋聞。但是，我感謝印象派畫家們的真實畫筆，為我們畫出真實的裸體人生。

接著，想起了狄嘉所畫的妓院（Brothel）和接客（The Client）。坐在長椅上的裸體女子們，雙乳下垂，小腹凸出，愁眉苦臉，沒有雪白無暇的肌膚，沒有完美的曲線比率，更沒有嬌柔絢麗的容顏。這些真實的身體，又讓我連想起二十世紀初期，奧地利表現派畫家席勒（Egon Schiele）的畫作。席勒筆下那些扭曲著肢體的赤裸男女，也是真實社會的一份子。

這些裸體形象，不是描繪天上的神仙，只是單純的展現真實的生活片段。終於，我又回想起了日本浮世繪，恍然明白，可與不可之間的曖昧，迷惑和矛盾，也是真實人生的一部份。

瑞克心滿意足的從沙灘裸奔回到我身旁。舒服的躺著看書，忽後，他問我，「中國有裸體藝術嗎？」

「露出大肚子的彌樂佛」，是我第一個想到的畫面。繼續想了好久，終於想到了常玉的裸體女子畫作。裸體畫像，畢竟不是我們的文化。因為即使在面臨創作這個節骨眼上，尊從禮記的龍的傳人，仍然無法忘記；冠毋免，勞毋袒，暑毋褰裳。

並不是只有偏好裸體的市民，才喜愛蘇維島。喜歡穿衣服和愛好大自然的市民，也經常來到這座城市之島，享受波特蘭的慢活情調。許多人來到蘇維島，騎單車，划船，賞鳥，觀看野雁和天鵝。也有人攜家帶眷的來到島上的農場，採草莓和藍莓，剪薰衣草，和捧著大南瓜回家。

不管有沒有穿衣服，蘇維島是慢活居民的樂園。

蘇維島，長十八英哩，寬四英哩。濱臨哥倫比亞河和威樂美河。島上的面積，有一半被奧勒岡州政府，規劃為自然保護區。剩下的另一半，是私人農田和住家，以及州立公園和公共沙灘。

島上的自然保護區內，居住和過境的野鳥大約有兩百五十種類，數量超過百萬。其中包括有罕見的禿鷹，藍蒼鷺，野鶴和天鵝等。島上的居民除了野鳥，還有野生紅狐狸和黑尾鹿，以及一千多名的人口。

除了野生動物比人還多以外，蘇維島的特色還有：沒有加油站，沒有星巴克咖啡，更沒有高樓大廈。這座都市中的小島，有著嚴格的發展限制。現代社會，處處顯現過度發展的缺陷美。針對這個原因，波特蘭市政府絞盡腦汁，極力保存一座原野小島。為波特蘭的慢活居民提供一處真實的原野社區。這座在市政府政策保護下的原野小島，也是最能代表波特蘭慢活哲學的施政成果。

來到蘇維島，總是讓我想起多年前旅遊土耳其，曾經拜訪鄰近伊斯坦堡市的一座原野之島；位於馬爾馬拉海（Marmara）的大島（Buyukada）。

對於島上禁止私用汽車通行的措施，留下美好的印象。走在沒有汽車噪音污染的蜿蜒小路上，放眼望去，盡是碧藍的天和翠綠的山坡地。難怪蘇俄作家托洛斯基（Leon Trotsky）流亡海外時，來到大島居住，同時在此撰寫他的回憶錄和蘇俄革命史一書。直到今日，我仍然記得散步在大島的村莊巷弄之間的情調，也懷念在島上坐著雙輪馬車的簡單樂趣。聽著從石板路響起的馬蹄聲，一路從拜占庭帝國迴響起，來到奧圖曼王國，再傳入二十一世紀的旅人耳中，是身為現代遊客最大的旅遊收穫。

波特蘭市的蘇維島，歷史文獻記載可溯及自一七九二年。從那一年起，來自歐洲的白種人，陸續登陸蘇維島。根據記載，當時約有兩千名印地安原住民，住在島上的十五個村落。島民以野生的馬鈴薯為主食。

美國的白人先民與印地安原住民的歷史關係，撰述了美國建國史上醜陋的一頁。白人先民為印地安原住民帶來的不只是爭權奪產的對峙，白人還為印地安原住民帶來了結核病，天花，痲疹和瘧疾。從一七九二年起，四十年內，這些由白人所帶來的傳染性疾病，遍及蘇維島，印地安原住民，死的死，逃的逃。

一八二一年，因為海狸毛皮帽的時尚流行，哈得遜灣公司不請自來，開始在島上捕捉海狸，做起了皮毛生意。後來，海狸幾乎絕跡，海狸帽也終於退了流行。哈得遜灣公司立即見風轉舵，在島上經營牛奶乳品業。其中一位業者是法裔加拿大人，名為勞倫特蘇維（Laurent Sauvie）。不知道什麼原因，當地人開始稱這座小島為蘇維島。

蘇維島與波特蘭市只有一河相隔，島上一直到一九三六年才有電力供應。到了一九四八年才有電話設施。一九五〇年終於搭建了第一座與波特蘭市銜接的跨河大橋。依據波特蘭市的都市計畫發展條文，市政府合法保留了蘇維島的原始自然景觀和環境，嚴禁當地過度開發。為幸運的慢活居民帶來一處，不穿衣服也沒關係的裸體沙灘。

女兒出生後，瑞克放棄了在沙灘裸奔的樂趣。我們不再到裸體沙灘上做日光浴。來到蘇維島，都是為了帶女兒去採草莓，摘藍莓，還有抱著大南瓜回家。每次來到島上，總是想起曾經做過的荒唐事，曾經完成的傻夢，曾經脫光衣服在沙灘上跑著。

為人父母，心甘情願的犧牲奉獻，來自於過去的荒唐傻夢。經歷過波濤洶湧的船隻，最能珍惜風平浪靜，最能安份守己的停泊在碼頭上。波特蘭的原野小島，讓我懷念過去，讓我珍惜現在。

作家和一個坑洞

我經常從女兒外套的小口袋裡，看見她與眾不同的收集嗜好，與季節的更迭。

洗衣服時，我得小心翼翼的從女兒外套的小口袋裡拿出：斷了一截的枯樹枝，有的時候是捲成一個球的苔蘚，或是被車子壓扁的松果。最後，我會從小口袋裡掏出一塊黑得發亮的小石頭。這些發現，加強了我在女兒成長過程中的參與感，成了我練習慢活日子的犒賞。

外套洗乾淨，烘乾後，女兒會把斷了一截的枯樹枝，有的時候是捲成一個球的苔蘚，或是被車子壓扁的松果，最後，那塊黑得發亮的小石頭，一個一個，再放回外套的小口袋裡。

一天，我從女兒外套的小口袋裡，掏出了一朵淡紫色的金線蓮，還有那塊黑得發亮的小石頭。從地下室洗衣機上方的窗戶看去，我看見了院子裡那些招蜂引蝶的日本金線蓮。

「夏天來了！」我對女兒說。

「對呀，我已經送給我的朋友一朵夏天的花了。」

「你的朋友是誰呢？」我好奇的問。

當時只有四歲的女兒，手上捧著那塊黑得發亮的小石頭，微笑的對我說：「是它！」

女兒的眼神好專情，態度好認真。

怎麼能不相信她呢。

「那些樹枝，苔蘚和松果也是你的朋友嗎？」我接著問。

「不是，它們是我朋友的寵物。」女兒理所當然的回答。

女兒和她的石頭朋友的友誼，讓我想起了那個在法國巴黎市拉著紅氣球滿街跑的小男孩。

在法國導演拉摩里斯（Albert Lamorisse）的影片「紅氣球」中，紅氣球始終在小男孩家的窗外等著他。導演拉摩里斯在電影中，告訴他的觀眾；你的朋友會為你做許多事，即使你的朋友是一個氣球，它也不會離你而去。

小男孩和紅氣球的友誼讓我了解；愛，是人類最寶貴的天賦。無論是愛情，親情或是友情，愛是人與人之間或是人與物之間，最美麗的關係。

波特蘭市，曾經發生過一段真實的友情故事。一位專欄作家和一個坑洞的友誼故事。作家和坑洞的友誼並沒有改編成電影。但是，這段友誼創造出金氏紀錄中，世界最小的公園。

西元一九七一年，Mill Ends Park被列入金氏紀錄中世界最小的公園。到底有多小呢？這座公園只是一個直徑大約有六十公分的圓形坑洞，洞裡塞滿了泥土。泥土上，隨著季節的更迭，種滿了不同顏色的花草。它就位於波特蘭市中心，威樂美河旁，靠近泰勒街的Naito Parkway公路上。

這座小的幾乎看不見的市立公園的誕生，來自於一位作家的愛心和想像力，當然還有他那一股愛得夠深的傻勁兒。

一九四七年，專欄作家費根（Dick Fagan）開始為奧勒岡日報撰稿。從他寫稿的辦公大樓窗口望去，是一個被水電工程人員，所留下的施工後的坑洞。他每天望著窗外馬路上的坑洞，想靈感，寫專欄。

看著窗外馬路上的坑洞，日久生情，專欄作家逐漸與坑洞建立起了友誼。一天，作家想到了一個好主意。這個坑洞應該成為一座公園，一座愛爾蘭小精靈（Leprechaun）所守護的公園。於是，在作家的想像世界裡，一群愛爾蘭小精靈在酋長奧圖力（O'Toole）的領導下，以坑洞公園為家。

接著，作家開始在坑洞裡種下美麗的花花草草，然後，在他的專欄裡敘述愛爾蘭小精靈在坑洞裡的遊歷故事，其中包括愛爾蘭精靈的結婚喜慶，和聖派翠克節遊行等活動。

費根的日報專欄名為Mill Ends，意指因採代林木後所留下的大量廢棄物。他的專欄故事，深受讀者的喜愛。因此，人們開始稱這塊馬路上的坑洞；Mill Ends Park。

坑洞公園建立於口耳相傳之下，專欄作家費根，花了許多的心思，照顧和維護他的坑洞朋友。這座小的不能再小的公園，經常被那些在街頭飛來飛去的報紙，蓋住整座公園，害得公園裡的花草，享受不到波特蘭市難得的日光。被行人隨手丟棄的空飲料瓶子，一滾進公園裡，起碼會壓壞了三株鮮嫩的花草。還有那些橫越馬路，不知情的腳步，經常一踩就踩進公園裡，毀壞了這座住著愛爾蘭小精靈的公園。

最讓費根擔心的是；萬一市政府水電工人，前來填補這個施工後的坑洞，該怎麼辨呢？

作家了解，只有愛的力量，可以保護他的坑洞朋友。

費根非常努力的創造愛爾蘭精靈住在坑洞公園裡的奇遇故事，讓波特蘭市民愛不釋手的閱讀著。讀者們不時地猜測，愛爾蘭精靈將會在坑洞公園裡碰上什麼奇怪有趣的經歷。波特蘭市民與坑洞裡的小精靈建立起了濃厚的情誼。

憑藉著這一份愛的默契，就連市政府的工人，無論是修路或是埋水管，都會刻意保護坑洞。

作家費根於一九六九年逝世，但是波特蘭居民與坑洞公園的情誼並沒有因此中斷。幾十年來，坑洞公園絲毫未損，也未增。還是一個直徑只有六十公分大的圓形坑洞。坑洞公園裡依然有著鮮花，綠草和小樹。還有，愛爾蘭的精靈們，以及波特蘭市民的愛心。

一九七一年，波特蘭市的坑洞公園，正式列為金氏紀錄中，世界最小的公園。

一個坑洞和一位專欄作家，在波特蘭市創造出了世界紀錄。

一九七六年，這個坑洞，終於通過立法，列為波特蘭市的市立公園。名正言順的受到市政府公園管理處的法律保護。

二〇一三年，英國最小的公園，位於Burntwood的王子公園（Prince's Park）向波特蘭的坑洞公園挑戰金氏紀錄的寶座。

英國人宣稱，王子公園才是真正的公園，因為公園四周有鐵欄杆。英國人質疑波特蘭的坑洞公園，不是真正的公園，笑稱它只是一個花盆。

次日，坑洞公園的四周，忽然架起了白色的木柵欄。木柵欄裡有一隻塑膠小豬，一隻塑膠小羊，還有一位保護公園的玩具戰士。

接著，官方代表也站出來說話了。

波特蘭市公園管理處，對外發表，Mill Ends Park，是法定的市立公園，有樹，有花，有草，有樂高積木公園椅，同時還居住著愛爾蘭小精靈。這裡曾經舉辦過蝸牛競賽，聖派翠克節慶，怎麼可以說它不是一座真正的公園呢？

其實，波特蘭市公園管理處，真正要說的是，

「英國人，沒有愛心，缺乏想像力。」

我經常到坑洞公園，學習效法過慢活日子的精神。

坑洞公園裡不只是存在著花草和小樹苗，它聚集了許多當地人的慢活精神；愛心，童心，痴心，和真心。

經常我看見公園裡有五或六朵三色菫，展現著紫色，黃色和紅色的亮麗花瓣。有時候，可以看見粉紅色的牽牛花，在這個與球鞋鞋盒一般大小的花園裡，綻放著喇叭狀的小花。聖誕節季節，公園裡會出現一棵小樹苗，總是有好市民在小樹苗上掛些裝飾品，以應景過節。公園管理局的工人作人員，也沒有因為坑洞公園的小，而馬虎行事。

經常，我看著坑洞公園，開始想像著一個屬於自己獨有的小精靈歷險記。精靈太太們，三五成群，挽著竹籃去買菜，繞過三色菫花叢，邊走邊嚼舌根，談論著誰家的蘇打麵包做得最好吃，誰家的愛爾蘭咖啡最香醇，最後，這些女人開始為豬腳馬鈴薯湯的祖傳食譜，大吵了起來。

或是，想像著一群小精靈，放學回家途中，經過牽牛花叢林，幾個頑皮的小精靈，爬進牽牛花裡，在花蕾上發現了神奇的愛爾蘭威示忌的調製秘方。有時候，我幻想著，愛爾蘭精靈，男女老幼，大小高矮，穿著綠色衣服，戴著綠色高帽，一個接著一個，用力爬上道格拉斯冷杉，眺望坑洞外頭的世界，然後，再一個跟著一個，爬下樹來，在長滿青苔，擺滿愛爾蘭濃湯，蘇打麵包，和馬鈴薯泥餅的巨石上，熱熱鬧鬧地舉行了一場嘉年華會。

從來沒有一座公園像坑洞公園這般，滿足我的想像力和好奇心。

我經常在廣告中看見這樣的宣傳標語；迪斯奈樂園，是最具幻想力的樂園！

「真的嗎？」我問自己；

曾經只存在心裡的魔幻城堡，可以如夢一般的，在腦海裡自由飛翔。魔幻城堡可以隨心所欲的變大變矮，擴張成八角形，縮小成顆粒狀。

現在，魔幻城堡被一磚一瓦的蓋了起來，鋼筋水泥，百分之百的站在眼前，龐大的陰影完全侵蝕了我的心。

沒有了心，還可以愛嗎？

沒有了心，還可以想像嗎？

女兒上學後，外套上的小口袋跟著變大了，口袋裡那顆黑得發亮的小石頭，躺在女兒的手心裡，看起來變小了許多。

唸完小一的那年夏天，女兒把她的朋友，那顆黑得發亮的石頭，放在花園裡的藍莓樹下。夏天過了，秋天來了，上了二年級，又翻完了一本月曆。要唸小三時，女兒在花園裡幫我清掃落花殘葉。忽然，她站在藍莓樹下，自言自語了起來。我很專心的偷聽，聽到女兒正與她那塊黑得發亮的石頭朋友說話。

在花園裡打掃完畢後，我問女兒，要不要把她的石頭朋友帶回家。像個大孩子似地，她對我解釋，石頭朋友決定住在藍莓樹下。她必須尊重石頭朋友的選擇，把它留在花園裡。

波特蘭市立小學三年級的教學重點在於，當地的自然，人文，和歷史發展。不用教科書，從來不考試的學校，以戲劇方式，教導歷史和社會。六十多位三年級的學生，把百年來，波特蘭市的歷史，地理和社會文化，從頭演起，聯合演出在近兩小時的兒童歌舞劇中。

一天，女兒在家複習歌舞劇，唱出一首以坑洞公園為主題的歌，

如果你到泰勒街上，記得向四周看看，
看看你是否可以找到坑洞公園；城裡最小的公園，
它不過只有一個鞋盒的大小，
但是，你得明白；它可是愛爾蘭精靈們結婚的地方。
It you go down to Taylor Street be sure to look around。
And see if you can find Mill Ends the smallest park in town。

It's not much bigger than a box for running shoes。

You see but to Leprechaun, Leprechaun, this is the place they married。

女兒唱歌唱得好專心，手足舞蹈，眼神裡充滿了想像力。我情不自禁想起，坑洞公園和它的作家朋友的故事。彷彿也看見一位小男孩拉著一個紅氣球，在巴黎市區滿街跑。最後，我記起了女兒手上捧著那塊黑得發亮的小石頭，眼神好專情，態度好認真。

我經常到坑洞公園，學習效法過慢活日子的精神。

坑洞公園裡不只是存在著花草和小樹苗，它聚集了許多當地人的慢活精神；愛心，童心，痴心，和真心。這些慢活精神，正是創造世界紀錄的要素。

我的鄰居有兩個諾貝爾

我向來把走路去買菜，當成慢活日子裡的朝聖旅程。朝聖者，一步一腳印，邊走邊看，邊走邊想。這是一種修行的過程，也是一種冥想的方式。

生活在現代社會的慢活居民，藉著走路去買菜，體驗一步一腳印的旅程，邊走邊看，邊走邊想，藉著這個修行的機會，練習過慢活的日子。

走路去買菜是現代生活中的一種福氣。因為有很多地方是沒辦法走路去買菜的。尤其是美國郊區。住在美國郊區的居民是無路可走的居民，因為在那裡，路是給車走的，不是給人走的。另外，許多地方，雖然有路可走，但是四周環境不良，沿路風光欠佳，走起路來，難以體驗慢生活的美麗情趣。

與我一起練習打坐冥想的瑜珈老師曾說，「慢生活是一種選擇性的生活方式。慢生活是一種理念，不是一種地點。每一個人都可以選擇在自己所住的社區裡，練習過慢活日子。不須要到普羅旺斯或是托斯卡尼，才能過慢活日子。」瑜珈老師的話聽來很有道理，但是，我得承認，生活在像波特蘭這樣的城市，對練習過慢活日子，只有助力，沒有阻力。

波特蘭的初秋，是走路去買菜的最好季節。抬頭可以看見還是藍色的天，太陽光溫煦柔和，不像夏日裡的陽光，傲氣淩人。波特蘭初秋的樹葉，就像是梵谷手上的調色盤，原始真純。大塊大塊的紅色，黃色，綠色和橙色，隨著佇立在街頭巷尾的樹群，一路蔓延而去。

走路去買菜是一種福氣。因為這其中藏著一種簡單的生活情調，簡單到不得不為自己慶幸，竟然還可以在這個時事繁雜的人世間，體會到如此單純的快樂。練習慢活日子，正是練習感受簡單的快樂。

快樂就像指紋，因人而異。每一個人對快樂都有著不同的定義。對我來說，走路去買菜，是一件快樂的事。一步一步，慢慢走，看見左鄰的院子裡又多了一隻母雞。

「叫什麼名字呢？」

發現兩條街前的一個吉屋出售的招牌，被撤走了。「被誰買了呢？」揮手和鄰居甲打招呼，她正開心的抱著上個月才從衣索比匹領養來的女嬰。鄰居乙家門前，那棵一病不起的櫻花樹，終於被砍倒了。他們還會再種櫻花樹嗎？還是會種上次向我提起的木蘭花樹呢？

一踏進超市，就遇見鄰居丙，我們臨時起議，約好周六帶孩子到公園玩。

走路去買菜，其實是費時耗力的。

但是，它是一種慢活樂趣。一種人與人，面對面，寒喧問暖，相互傳達情感，建立溝通管道的原始樂趣。

家在波特蘭的社區，為我提供了走路去買菜的多項性選擇。往北走五分鐘，即可抵達全食有機超市（Whole Foods Market）。往東南方走十分鐘，是波特蘭市當地著名的精品超市Zupan's。再繼續朝著東南方走，走個十分鐘，可以看見物美價廉的連鎖大超市，Fred Meyer。從物美價廉的連鎖大超市的對街，再走個二分鐘，是一間標榜當地土產的生鮮果菜超市，New Seasons。

就在物美價廉和土產鮮果的超市中間，有一間既平凡，又不起眼的房子。屋子的前院，豎著一個鮮紅色螺旋狀大積木的街頭藝術品。幾次路過，覺得好奇。有一天，在好奇心的驅使之下，我提著一籃子的水果和生菜，還有幾包乾果和優酪乳，走向這間不起眼的波特蘭四角式二樓住屋。鋪滿碎石的前院裡，站著那座令人好奇的鮮紅色螺旋狀大積木，大積木前的地上，鑲著一塊金屬製的牌子，上面寫著，a螺旋（Alpha helix），獻給萊納斯鮑林（Linus Pauling）。

提著裝得滿滿的菜籃，一步一步慢慢走在回家的路上，一點兒一點兒慢慢想著，這位新發現的老鄰居，萊納斯鮑林，到底是誰呢？

原來這位既老又新的鄰居是個大名人。

萊納斯鮑林，享有分子生物學之父（Molecular Biology）的頭銜。最讓人欽佩的是，萊納斯鮑林是目前為止，唯一一位單人獨享（unshared）兩個不同領域的諾貝爾獎得主。

一九五四年，鮑林博士獨獲諾貝爾化學獎。他以螺旋狀的方式排列出蛋白質中a螺旋的公式，而製定出血紅素的排列模型公式。這項發現推動了研究蛋白質和DNA的進展。

一九六二年他獨獲諾貝爾和平獎。第二次世界大戰之後，鮑林博士與他的妻子，積極投入反戰反核的運動組織。他以諾貝爾化學獎得主的身分，宣導反核觀念，推廣人道博愛精神，在當時，尤其是在美國，成為眾所矚目的話題人物。

萊納斯鮑林的豐功偉蹟，只是知識文字的記述，對我來說，一點兒也沒有親身感驗的真實性。我這位既老又新的鄰居，不過只是書上的名人。但是，我所期望的是生活中的朋友。

繼續閱讀鮑林博士的故事，發現了晚年時期的鮑林博士，成了維他命C的推廣者。他每天服用三公克的高量維他命C，以做為預防感冒的養生之道。一九七〇年後，他陸續發表宣廣高量的維他命C具有神奇療效的文章。社會群眾因此而掀起一股維他命C狂熱，更有人相信得入了迷，視維他命C為抗癌和治百病的仙丹。後來，更多的臨床研究與實驗，顯示高量的維他命C並沒有治百病的神奇功能。這項發現，讓鮑林博士在晚年期間，受到許多批評與毀謗。

然後，我想起了我的維他命C的故事。唸小學時，父親總是耳提面命，睜著大眼珠，看著我和弟弟們乖乖地吞下維他命C，才讓我們出門上學去。

「我們生病了嗎？為什麼我們要吃藥呢？」我和弟弟們問著。

「美國科學家發現維他命C是增強體健最好的維他命。」父親告訴我和弟弟們。

每天吃維他命C，是除了學校功課之外的另一個功課。我和弟弟們每天都好乖的寫完功課，每天都好乖的吞下一顆維他命C。

原來，我這位新發現的老鄰居，就是父親所說的那位美國科學家。原來，萊納斯鮑林博士，一手造就了我的維他命C的童年故事。

原來，我從小就認識這位既老又新的鄰居。

原來，他就住在我走路去買菜的路上。

一九〇一年，萊納斯鮑林出生於奧勒岡州波特蘭市郊的奧斯維格（Oswego）。他的父親是一位藥劑師，擁有自己的藥房。從小聰穎的萊納斯，對父親的工作感到十分好奇與著迷。年幼的他，經常玩著調配藥方的遊戲。同時，有著收集礦石的嗜好。他的父親注意到萊納斯的聰明才智，曾經寫信給當地報社，詢問報社編輯，有關各種適合聰穎兒童閱讀的書籍建議名單。

萊納斯九歲時，他的父親過逝。一家人搬到了波特蘭市的東南區，成了我未來的老鄰居。萊納斯的母親將住屋內空出來的房間出租，以添補收入。十三歲的萊納斯開始對化學產生興趣，經常在地下室調配化學劑料，偶爾從地下室傳來爆破的響聲，總是嚇跑家裡的房客。因此，萊納斯開始滑著木船，度過威樂美河，在荒郊野外尋找適合做為他的實驗室的場所。

萊納斯從奧勒岡州立大學畢業後，前往加州理工學院繼續深造。同時，逐步在分子生物化學的領域裡嶄露頭角。他童年時期的波特蘭的家，被列為具有歷史價格的建築。現今做為非營利機構組織的辦公室。門前那個鮮血色螺旋狀大積木的街頭藝術品，象徵著卷曲圈狀的a螺旋，正是萊納斯在分子生物學域領的重要發現。它表達了萊納斯對世人的貢獻，也傳遞了波特蘭當地對這位波特蘭之子的驕傲。

萊納斯從小生長在路德教會的環境。後來加入以強調自由，博愛和人道主義的一神論信普救說者（Unitarian Universalism）。在他去逝前兩年，他公開發表自己是一位無神論者。一九九四年，萊納斯逝世於加州。二〇〇五年，他的墓園遷回奧勒岡州的出生地。萊納斯尊重人權，闡揚人道，信奉博愛，熱愛自由的性格，曾經被美國政府列入親近共產黨的黑名單，一度抹黑了他在學術界的偉大發現與貢獻，為他晚期的科學家生涯，帶來許多崎嶇不平的險境。但是，他從來沒退卻，永遠說著真心話，始終做著真心事。二〇〇八年，美國郵局終於發行萊納斯肖像的郵票，以紀念他的貢獻。

慢活日子裡的人，經常勞動，胃口特佳，一家三口把家裡能吃的都吃完了，又到了該走路去買菜的時侯。提著大籃子，走過左鄰右舍。看見鄰居乙家門前，站著一棵剛種下的梅花樹。

「明年春初，就可以欣賞到粉紅色的梅花！」鄰居乙站在樹下，慢慢的為我詳細描述了決定種梅花樹的過程。

繼續走在去買菜的路上，鄰居丙正巧蹓完狗，兩人聊起了媽媽經。同時，為女兒們安排了下次遊玩的時間。

走過勞倫赫斯特公園，遇見鄰居甲和她從衣索比匹領養來的女兒。小孩長得好快，坐在幼兒車裡，學著媽媽的模樣，對我揮手打招呼。

走路去買菜，經過萊納斯鮑林的家，門前那個a螺旋的街頭藝術品，被昨晚的一陣雨，洗去了全身的塵埃，鮮紅亮麗的色彩，站在這間平凡不起眼的波特蘭四角式二樓住宅前，真心真意的傳達著悸動的生命樂章。

綠色的維多利亞

凱文是我唸書時的英文會話伙伴，感謝他的義工神精，每星期四利用一小時的時間，與我練習英文對話。

一天，他忽然要我猜猜看美國人最愛的是什麼？當時，我想都沒想，就直接說，錢。這年頭，連共產主義都向錢看，更別提美國這個資本主義社會。不料，凱文搖頭說，不對。美國人最愛的是免費。他的理論是，即使有再多的錢，買到最後也會變成沒錢。但是，免費就不同了。只要是免費，就不必付錢，還可以擁有免費的東西。經過他這麼一解釋，聽起來還蠻有道理的。接著，他說，美國人的次愛是買和賣。美國人喜歡賣，也喜歡買，這就是為什麼美國擁有世界最大的股票買賣市場。

也許正是因為對買賣的狂愛，我經常看見許多人家，把用過的家當，搬到車庫前或是院子裡，要不就是行人道上，擺起地攤，在自己家的門口前，做起生意來。

許多美國人把車庫當貯藏室，打開車庫大門，拍賣家當，叫車庫大拍賣（Garage Sale）。把家當擺在院子裡拍賣，叫院子大拍賣（Yard Sale）。沒有車庫也沒有院子的住家，只好在行人道上做起生意，叫行人道拍賣（Sidewalk Sale）。

住在台灣的時侯，去逛夜市，都是為了吃。對於逛夜市買東西並不感到興趣。但是，在波特蘭市，藉由這些社區交易買賣活動，我重新發現了許多購物的樂趣。從這些有著各種名字的拍賣場所裡，我認識了好多住在街頭巷尾的鄰居，他們的貓和狗，還有他們的孩子。

這些社區拍賣活動，也成了我練習過慢活日子的管道，讓我認識了居住環境中的人事與物。社區拍賣活動，是一道通往別人家的生活的捷徑。走在這條捷徑上，十分鐘內，你可以從客廳家俱和廚房的擺飾品，看見這個別人家的生活品味。從書櫃裡的藏書，看見別人家的政治觀點和休閒嗜好。從展示在櫥櫃上的照片，看見別人家的家庭歷史與不同年代的流行衣飾和髮型。

每一個別人家，就像是一本偵探小說，線索和證據分散四處，等待閱覽者前來整理歸納和擷取應用。

一個晴朗的初秋周末的早晨，打開窗戶，還可以看見太陽。氣象預報說，今年秋雨來的晚，波特蘭人可以再享受幾天有陽光，有藍天的日子。接著，瑞克握著一杯咖啡，從公寓的院子走來，很興奮的對我說，綠色維多利亞有拍賣活動。一聽見是綠色維多利亞，我趕緊準備出門。

位於勞倫赫斯特公園旁的公寓，是我和瑞克在波特蘭的第一個家。就在我們住的公寓的東南方，走過五個街口，可以看見一棟造型典雅的維多利亞式兩層樓房。古色古香的維多利亞，漆著我所見過最美麗的綠色。那種綠就像長在日本花園裡的石頭燈籠上的青苔綠。綠色維多利亞，有著我心目中最完美的綠色，成熟，樸實，沒有虛榮刺眼的亮度，沒有矯揉造作的色彩。但是，瑞克說，那是來自於年久褪色，加上每年淋雨淋了兩百多天之後的結果。

綠色維多利亞的三角形屋頂，長滿了青苔。二樓樓頂有一個雕花窗檯，窗戶玻璃有一個破洞。陽台上的木雕欄柱，有好幾處腐朽的斑痕，樓梯扶欄上的綠色油漆，褪色剝落。這些年久失修的缺陷，仍然無法掩蓋它的天生麗質。在我的眼裡，它是一個年紀大了的美女，依舊是個美女。

除了美，它還有神秘。好幾年來，除了一隻大肥貓，整天趴在樓梯上打盹兒，我從來沒看見有人出入過。

走上綠色維多利亞的樓梯，雙腳經過趴在階梯上打盹兒的大肥貓，手心摸過樓梯扶欄上一塊綠色油漆剝落後的痕跡。突然想起，走進綠色維多利亞的原因是，遺物拍賣（Estate Sale）。

綠色維多利亞有一個很小的客廳，客廳裡有一個壁爐，壁爐兩旁各站著一個木製書櫃，書櫃上貼著一張印有SOLD的字條。客廳中間有一張長長的沙發椅，一個小型咖啡桌，桌子兩旁各有一張單人沙發。一群人坐在這些貼著已經出售的字條的沙發椅上，坐在中間的是芭芭拉，她端著一杯甜酒，坐在長長的沙發椅上，對著前來購物的陌生人，講述伊利莎白和綠色維多利亞的故事。

綠色維多利亞建於一八九八年，伊利莎白就在這個房子裡出生，長大，結婚和養老。住在這個房子裡，伊利莎白從嬰兒長成女孩，從女孩蛻變而成少女，接著結婚生子，轉型成妻子和母親。然後看著她的孩子成長茁壯，揮手告別綠色維多利亞。接著，從母親升格成為奶奶。幾年前，抱著她收養的貓，在告別式中，給她的老伴，獻上最後一個親吻。八十二年來，伊利莎白始終與綠色維多利亞相依偎。芭芭拉說完故事後，很優雅的喝了一口甜酒。坐著或站著的購物人群，陸續點頭回應著說，「這真是個美麗的故事。」

我站在壁爐左邊的書櫃旁，認真聽著芭芭拉與人群的對話。芭芭拉是伊利莎白的好朋友，她也是在樓梯上打盹兒的那隻大肥貓的新主人。受到伊利莎白的孩子們的委託，芭芭拉坐鎮主持遺物拍物活動。看著三五成群的人們，穿著花花綠綠的秋日洋裝和花襯衫，喝著甜酒，輕聲談笑。沒有人哀嚎，沒有人哭泣，同時還有人忙著做生意，數鈔票，找零錢。

遺物拍賣，真是奇妙詭異的美國文化。

接著，我尾隨幾個女孩，來到二樓的臥房和書房。臥室裡陳列的待售品包括有，衣服，皮包，鞋子和首飾。床和衣櫃已經貼上售出的字條。一付耳環只賣兩塊錢，一雙鞋只賣五塊錢。有些鞋子的式樣，看起來一點兒也不像老太婆穿的，想必是伊利莎白年輕時候穿過的鞋子。這些鞋子雖然都上了年紀，但是每一雙鞋子都保養的很好，而且非常乾淨，讓我打心底兒喜歡起伊利莎白。

站在我身旁的兩個女孩，很有耐心的試戴著伊利莎白生前戴過的耳環，另一個女孩則是忙著試穿伊利莎白的鞋子，同時不斷與她的男友討論，可以穿這些鞋子參加六〇年代或是七〇年代的復古派對。

在書房裡，一本書只賣二十五毛錢。一個男人帶著兩個小孩，買了好幾本馬克吐溫的文學名著。瑞克也買了一本書，魯賓遜漂流記。

許多朋友告訴我，遺物拍賣是真正尋寶的好機會。在美國，許多老人不願意住在老人公寓，同時選擇在自己的家中過逝。由於孩子都住在外地，這些遺物，礙於運費的高昂價格，許多家屬都抱持著能賣就賣的心態。

遺物拍賣活動，是波特蘭居民實踐慢活日子的環保特色的方式之一。回收舊物，減少垃圾的數量，是慢活居民的共同理念。遺物拍賣也是古董店老闆最常光顧的商業場所。朋友的朋友開了一家二手精品店，每天她開著一輛小貨車，忙著前往遺物拍賣地點買貨。她那間佈置得既高雅又精品的古董店，超過一半的貨品，來自遺物拍賣。

也許遺物和逝者，這兩個名詞，在中文裡暗藏了太多負面的意義，甚至散發著迷信的霉氣。我從來沒有想過，拍賣好友或是親屬的遺物，可以如此的祥和與甜美。親身經驗過遺物拍賣後，讓我學習到以正面的觀點，面對死亡。與其閉門悲傷，哀痛逝者的永別，何不打開大門，端起酒杯，舉行遺物拍賣派對，講述逝者生前的美麗故事，同時讓遺物資原回收。

不到一年後，年久失修的綠色維多利亞，被剷成平地。取而代之的是一棟新穎的兩層樓住宅，沒有三角形的屋頂，頂樓沒有雕花窗檯，陽台上沒有木雕欄杆，同時也不是漆成青苔綠。

綠色維多利亞隨著伊利莎白的離去，而永久消逝。

在我的腦海裡，我依然可以看見綠色維多利亞，它的三角形屋頂長滿了青苔，它的二樓樓頂有一個雕花窗檯，窗戶玻璃有一個破洞。它的陽台上的木雕欄柱有好幾處腐朽的斑痕，樓梯扶欄上的綠色油漆褪色剝落。這些年久失修的缺陷，仍然無法掩蓋它的天生麗質。

在我的眼裡，它是一個上了年紀的美女，依舊是個美女。

公園裡的人

勞倫赫斯特公園（Laurelhurst Park）是慢活日子的樂園。公園是慢生活文化中不可缺少的要素。公園具體呈現了季節的更迭，為慢活日子帶來看得到，摸得到的季節變化。公園提供了自然原野的休閒空間，為城市人提供了與大自然生態環境相處的機會，提供了一處練習過慢活日子的便利場所。

波特蘭市約有六十一萬人口，全市佔地三百七十六平方公里，全市規劃有近三百座公共公園。大約平均每兩千位居民，就擁有一座公共公園。這麼多的公園裡，各有特色，有金氏紀錄中世界最小的公園，有全美最大的都市野生森林公園，還有我的勞倫赫斯特公園。

勞倫赫斯特公園位於所住的社區裡，與我為鄰。在我的心裡，它是我的公共公園。

唸書時，我喜歡在勞倫赫斯特公園裡寫功課。經常，抬起頭，看著松鼠在道格拉斯冷杉跑上跑下。偶爾，想起了現在所面對的挑戰，未來的計劃，和過去的遺憾。

懷孕時，我每天繞著公園裡的林木步道走三圈。六十分鐘的健行，對孕婦和胎兒的健康皆有益。經常，對著肚子裡的女兒，輕聲唱歌。偶爾，停下腳步，與在公園裡的人，閒話家常。

女兒一歲大時，我們母女倆總是先在公園裡的草坪上，爬爬滾滾，走走跳跳。接著，到公園的兒童遊樂區，溜滑梯和盪鞦韆。經常，舉起大姆指對女兒說：「好棒！」

偶爾，心驚膽跳的看著女兒跌跤。

女兒上學後，利用每個星期三上午的時間，我懷著練習過慢活日子的心情，來到勞倫赫斯特公園，無論是走步道或靜坐，經常，想起了現在所面對的挑戰，未來的計劃，和過去的遺憾。偶爾，與迎面而來的公園裡的人打招呼。

一九一二年，波特蘭市公園發展建設總監伊曼紐密契（Emanuel Mische），受到紐約中央公園園景設計建築師奧姆斯特（Frederick Olmsted）的啟蒙，決定將勞倫赫斯特公園，設計成一座融合自然景觀的都會市立公園。一座為現代城市，提供近在眼前的林群綠地的公園。一座位於波特蘭市的中央公園。

擁有將近三十英畝的勞倫赫斯特公園，有起伏的山坡區，坡地上站滿了高大的道格拉斯冷杉，松樹，柏樹，楓樹和橡樹。走進這些林木群，讓人忘了置身於城市都會之中。公園裡的湖區，是野雁，野鳥和野鴨的園地。孩子，老人和情侶們，喜歡坐在湖畔旁的公園椅上，看著野鳥穿梭於湖畔的柳樹間，野鴨獵食小魚，還有野雁自空中降落於湖面的美姿。

每年春天，成群結隊的加拿大野雁，會在此過境。有一歲小孩那麼高的加拿大野雁，黑頭，黑脖子，雄糾糾，氣昂昂的徘徊在湖區草坪上，總是讓我連想起戴著熊皮高帽的英國皇家衛兵。

每年秋天，成群結隊的落葉，鋪滿還看得見綠意的草地上，為公園帶來一陣寒意，為公園換上另一種情緒，一種也是美麗，也是憂鬱的心情。

繞著公園外環，有象徵現代的柏油步道，也有代表過去的泥巴步道。走在步道上，往公園中心望去，可以看見等待陽光的人，看書的人，發呆的人，聊天的人，蹓狗的人，和正在野餐的人。

穿過公園外環的橡樹街，可以來到兒童遊樂區，籃球場，足球場，網球場和一間舞蹈教室。自從女兒九個月大起，我們母女倆在舞蹈教室內，上親子帶動唱和親子韻律舞蹈的課程，一直上到女兒四歲大。接著，看著女兒穿著鑲有亮片的粉紅色芭蕾舞裙，和一群四歲大的小孩，墊著腳尖，隨著柴可夫斯基的胡桃鉗音樂聲，繞著圈子轉。現在，她穿著一件綠色運動短褲，一雙白色長襪，和一群八九歲的孩子，在舞蹈教室外的草地上，搶著踢那一顆滾來滾去的足球。

勞倫赫斯特公園，是我想著現在，望著未來，憶起過去的公園。走在公園裡，想著現在，如何生活在西方文化的社會裡，為女兒教導東方文化的優良品質。走在公園裡，望著未來，思考著該如何規劃年老的生活。走在公園裡，憶起過去，為日久生疏，遺失在茫茫人海裡的友情，感到無限惋惜。為自己曾經擁有的偏見與傲慢，深感歉意。遺憾自己只記著對我壞的人，結果，把對我好的人，全給忘了。後悔自己一度心浮氣燥，意氣用事，跑的太快，成天想飛，沒有好好珍惜過去曾經相遇的人，事與物。

走在公園裡，我練習著慢活日子裡的冥想，慢活日子裡的自我省思。

偶爾，我也想起了公園裡的人。

在瑞士日內瓦市的一座小公園裡，許多人戴著耳機，優閒自在的躺在草地上。他們在聽什麼音樂，古典樂？還是搖滾樂？

有的人專心的享用三明治午餐，他們吃的是果醬三明治？還是起司火腿三明治？

有的人，只是你一句，我一句的說個不停。他們在說些什麼？抱怨生活中的瑣事？還是分享生活中的喜悅？

還記得在荷蘭烏特列支市公園裡的一對銀髮老人，肩並肩，安靜的坐在樹下的一張公園椅上，對著路過的鴿子和小孩微笑。他們是夫妻？還是朋友？他們還愛著對方嗎？

曾經在台北市植物園裡，看見一位梳著整齊短髮的中年少婦，望著遠處流眼淚。她是給孩子氣得哭了？還是和先生吵架？或是為錯失的情緣而落淚？

忘不了一對熱吻的青少年，站在巴黎市盧森堡公園的水池雕像旁。渾然忘我，熱情如火。他們為什麼沒有去上學呢？他們有預防性病的健康觀念嗎？

旅遊英國時，不小心在倫敦市荷蘭公園裡的草坪上，睡了一頓懶覺，睜開眼，看見一個棕髮碧眼的嬰兒，就坐在我身旁，不停的說著；Da，Da，Da。他長大後會是什麼樣子呢？

在英國巴斯的一座小公園裡，看見一位正在畫畫的銀髮老伯。敬佩他的繪畫技術，羡慕他的生活精神。同時，在心裡告訴自己，活著，是為了變老，而不是為了等死。變老，是人生中最原味，最自然的過程。每個人都應該保持健康的身心，迎接變老的生命旅程，享受人生中最原味，最自然的過程。

還記得高雄左營蓮池塘旁的小公園，總是可以聽見忘情唱戲的老人們，跟著二胡的弦律，咿咿呀呀，昂首高歌，唱出人生如戲，戲如人生。

走在公園裡，我想起了印象派後期畫家秀拉（Georges Seurat）的名畫，大碗島公園。鄰近巴黎的大碗島公園裡，有的人躺在草地上發呆，有的人坐著聊天，有的人拿著洋傘，牽著小孩走著。有的人在蹓狗。他們正過著慢活的日子，享受著慢活日子的情趣。

百年來，公園裡的人，依舊是公園裡的人。

走在公園裡，我想起了自己，也想起了公園裡的人。

波特蘭女人

入秋以來，我發現鄰居的院子完全變了個樣子。在菩提樹和楓樹脫掉一身的葉子後，站在院子裡，更可以清楚看見竹籬笆那頭的鄰居院子；小孩玩具丟的到處都是，夏天用的花園涼椅還放在外頭淋雨，澆花的水管像一條大蟒蛇，囂張的延伸在鋪滿落葉的草坪上，一片混亂。後院鄰居的妻子，似乎一點兒也不在意，一點兒也不像以前的她。

令人討厭的是，鄰居的花園小木屋，正對著我家後門。小木屋的燈老是開著，在夜裡，刺眼的燈光，一路穿越，闖入我家廚房，完全破壞廚房裡的溫馨氣氛。還有，小木屋的門，總是忘了關。秋風一吹，吹得咯卡咯卡作響，再加上院子裡沒人管的狗叫聲，吵得讓人頭痛。

最令人擔心的是，院子裡飄來飛去，沒有人清掃的落葉。

秋天的波特蘭，是葉子的舞台。整個城市像是在表演一場葉子魔術秀。從早秋的金黃樹葉，轉換成酒紅的葉片。街頭巷尾，轉身一變，成為一張張風景明信片。接著，一片一片金黃酒紅的秋葉，從樹梢上飛舞而來，來到路人甲的呢絨帽，來到路人乙的肩膀上。然後，隨著秋風婆娑，在大街小巷徘徊起舞。接著，秋雨浠哩嘩啦的加入舞群，片片秋葉，終於累倒在街頭巷口，擁抱成堆，堆成一座座既美麗又悲傷的落葉冢。

秋天裡的慢生活，是賞葉和掃葉的日子。賞葉是美麗的。但是，掃葉是悲傷的。在冷風冷雨中勞動，不管心情有多美，還是無法彌補四肢的悲傷。堆在街頭巷尾的落葉，得快快裝進回收桶裡，否則落葉塞進了馬路上的通水道，會在長達兩百多天的雨季裡，釀成水患。堆在院子裡的落葉，得快快裝進回收桶裡，否則潮溼的葉子，將腐蝕那些等待春天來臨的紅花綠葉。堆在院子裡的落葉，得快快裝進回收桶裡，要是錯過了市府資源回收處的落葉回收時間，一座座杵在院子裡，行人道上的落葉冢，將成為眾矢之的。因此，無論四肢是如何的悲傷，秋葉得趕緊打掃乾淨。

家在波特蘭的社區，是一個院子永遠整齊美麗，說話總是溫和有禮的社區。後院鄰居的行為，在社區裡成了異象。

我和瑞克開始私下抱怨後院鄰居的總總不是。

私私竊語的，並不只有我們這一家。

是什麼原因讓曾經一度整齊美麗的院子變得雜陳混亂？

是什麼原因讓曾經一度安靜的屋子變得喧嘩吵鬧了起來？

入秋以來，我發現後院鄰居的丈夫也完全變了個樣子。他看起來胖了許多，同時也矮了不少。他開始在與我們家後院只有一片竹牆相隔的院子裡，帶著兩條大狗，進進出出。在院子裡忙東忙西，把院子弄得更混亂。令我驚訝的是，他竟然隔著竹籬笆和我打起了招呼。以前那個丈夫，十分羞澀，住了三年多，只和我打過兩次招呼，長長的沉默含著短短的微笑的那種招呼。

原來，後院鄰居的妻子，換了新丈夫。

是什麼原因讓一個女人相繼愛上兩種完全不同典型的男子？

曾經愛上高大英挺的男子，但是，愛，只是短暫的火花，接著靜悄悄的流逝，沒有原因，沒有理由，也沒有憂傷，只是疑惑。

曾經愛上才氣長於身高的男子，但是，愛，只是短暫的火花，接著靜悄悄的流逝，沒有原因，沒有理由，也沒有怨恨，只是疑惑。

不管愛上誰，愛總是隱藏著逐漸消逝的危機。

曾經懷疑，為什麼別人的愛，可以天長地久？為什麼我的愛，只是曇花一現？是我不懂愛？還是，愛不懂我？

是什麼原因讓一個女人結婚生子後，決定撤換生活中的伴侶？

左鄰右舍開始接頭交耳，外遇，成了導致離婚的嫌疑犯。第三者被指控為婚姻失敗的肇事者。

為什麼離婚被稱為失敗的婚姻呢？

婚姻是一段法定契約，有它的生效日期，難道不應該也有它的截止日期嗎？離婚不是失敗的婚姻，離婚只是在結婚合同上，填寫了截止日期。沒有成功，沒有失敗，它只是一段合同的終止。

波特蘭的離婚率，向來高居全美十大排行榜。大眾媒體更是有頭無腦的把波特蘭的高量離婚率，歸罪於當地全年兩百二十二個陰雨天。曾經有媒體報導，奧勒岡州波特蘭市，陽光不常在，婚姻不長久。是全美國最悲慘憂鬱的城市。

家在波特蘭的居民，個個搖頭說，離婚率高的城市，才是快樂的城市，因為，可以重新再活一次。

離不了婚的婚姻，才是失敗的婚姻。把兩顆死了的心，綁在一塊兒，才叫憂鬱，才是悲情。

離婚不是失敗的婚姻。

離婚，是憂鬱的終點。

離婚，是重新快樂的起點。

聽聽後院鄰居的妻子，有說有笑，有的時侯，還會在院子裡唱著歌。雖然，她的院子，亂七八糟。雖然，她還沒有開始打掃落葉。

看看後院鄰居的妻子，整個人變年輕了許多，是因為那幾件新買的碎花洋裝？還是那個新丈夫？

是因為換了新丈夫，有了新的愛，就像重新再活一次，後院鄰居的妻子，才變得一點兒也不像以前的她嗎？

換了新丈夫，就像換了個新生活，是重新再活一次的感覺。

一生中能有幾次重新再活一次的機會呢？

婚姻生活不是簡單的生活，它把人的獨立性和群居性，帶入一種矛盾，混亂，和充滿自我挑戰的生活情境。有人因為擁有了一個生活伴侶，而失去了自我，失去了那個自我曾經所屬的社交圈。也有人把結婚當成人生的終點，開始放棄繼續成長的生命旅程，逐漸癱瘓在停止前進的生活裡。結婚的心，是居家的心。結婚的心，不應該是一顆死了的心。

有些人，不偷不搶，不拐不騙，卻在簽了婚姻契約後，傷了枕邊人的心，騙了枕邊人的情。為什麼婚姻改變了良心？為什麼婚姻改變了天性？

曾經對他說，「愛你，卻無法嫁你。」他聽得懂嗎？他能明白一個女人的秘密嗎？這個秘密，不是只有愛，還有許多許多的其他。

曾經對他說，「無法嫁你，但是愛你。」他聽得懂嗎？他能了解一個女人的遺憾嗎？他是否能明白，婚姻生活，不是只是愛的生活，還有許多許多的其他。

曾經在分手前說，愛他。他在乎嗎？他懂得珍惜一段沒有結果的愛情嗎？一段沒有結果的愛情，不是結婚，沒有離婚，不在手上留戒痕，不在證書上留字痕。沒有結果的愛情，是一段永遠的愛情。

為什麼愛到後來的結果是婚姻呢？婚姻真的是愛的目的地嗎？還是，因為佔有慾的野性，仍然徘徊在人類的基因裡？相愛的結果，需要一張具法律效力的婚姻證明，以確保彼此的主權。可惜的是，法律只能保障個人權力，卻無法擔保個人的快樂。

是什麼原因讓一個女人結婚生子後，決定撤換生活中的伴侶？

左鄰右舍繼續接頭交耳，性的誘惑，再度成為待罪羔羊。

愛，是結婚的原因。性，是離婚的理由。

美國導演伍迪艾倫說，「我們都知道愛是終極的答案，但是，性挑起了無數的問題。」

許多婚姻是經不起問題的考驗。

每個婚姻都有一個秘密，這個秘密不僅只是愛和性，還有許多許多不容忽視的其他。

每個女人都有一個秘密，這個秘密不僅只是愛和性，還有許多許多女人渴求的其他。

一個月圓的秋夜，趁著雨停，我和瑞克抓起了掃葉工具，在院子裡，埋頭掃葉，執行慢活日子裡的勞動，將落葉堆積成丘，以做好準備，等市政府回收處前來領取。往常，這個時刻，在院子裡，經常會與野生浣熊不期而遇。那天夜晚，就連野生浣熊也怕吵，躲在窩裡，不敢出門。後院鄰居的妻子和她那個有點胖又有點矮的丈夫的談笑聲，在寂靜的秋夜裡，顯得特別嘹亮。他們倆在一片落葉雜陳，混亂不堪的院子裡，披著一條大毛毯，各自端著一杯紅酒，趁著雨停，在月圓的秋夜裡，玩起了拼字遊戲。

秋天裡，金黃酒紅的葉片，掉落在波特蘭的慢活日子裡，家家戶戶整齊美麗的院子裡，都有一座或兩座落葉堆成的金字塔，等待回收。但是，我家後院鄰居的院子裡，小孩玩具丟的到處都是，夏天用的花園涼椅還放在外頭淋雨，澆花的水管像一條大蟒蛇，囂張的延伸在舖滿落葉的草坪上，一片混亂。後院鄰居的妻子，似乎一點兒也不在意，一點兒也不像以前的她。

是因為換了新丈夫，有了新的愛，就像重新再活一次，後院鄰居的妻子，才變得一點兒也不像以前的她？

換了新丈夫，就像換了個新生活，是重新再活一次的感覺。

一生中能有幾次重新再活一次的機會呢？

在書店裡看見自己

POWELL'S BOOKS
USED & NEW BOOKS
ELLEN URBANI
SAT 8/29
KATE HARDING
TUE 9/8
URSULA K LE GUIN
9/10

他總是和我約在鮑爾書店（Powell's bookstore）內的紫色區書櫃，並不是因為紫色是他最喜愛的顏色。原來，與歷史和哲學相關的書籍，都擺在紫色區內的書櫃裡。和他一起在書牆旁的走道上流連忘返，就像穿梭在他的思維和理念之間，讓我看見了他腦子裡的寶藏。

但是，他的心呢？他的心是否會跟著我走，走到紅色區的書櫃前，與我一起翻看一本在愛爾蘭度過一個冬天的旅遊散文，或是一本在印度迷路的旅遊記趣。他是否會跟著我走，走到紅色區的書櫃前，仔細閱讀每一位西方作者所撰寫的台灣旅遊書，然後擺出專家的身份，很權威的指出每一個細微的小錯誤。

他是否會跟著我走，走到金黃色區的書架旁，然後，暫時失去理智的與我一起跳進那些充滿愛恨交錯，恐怖懸疑的劇情裡。他會扮演著救美的英雄嗎？或是，袖手旁觀，讓我沉溺在自我想像的樂趣中。

他是否會跟著我走，走到橙色區內，自己動手做的指南書櫃前，心驚膽跳的盯著我手上捧著的指南書，目瞪口呆的聽著我訴說，如何在院子裡，自己動手蓋一座彌樂佛噴水池。

他是否會跟著我走，走到綠色區的拍賣書籍前，耐心的等著我，眼明手快的找著那本上次想買的書。

我從來沒有問過他，是否會跟著我走。

鮑爾書店，是旅遊美國奧勒岡州波特蘭市的必訪景點。我經常在書店裡遇見來自世界各地的遊客。旅客們都想看看這間佔有整個街區的美國最大的獨立書店，是什麼樣了？

對家在波特蘭的市民而言，鮑爾書店，只是一間書店，一間可以看得見書的封面和內容的書店。一間可以聞得到書香味的書店。一間可以用手翻書的書店，一間仍然散發著蔡倫造紙的驕傲與喜悅的書店。

鮑爾書店是波特蘭慢活居民的書店。書店裡陳列著各式波特蘭慢活故事。在排滿食譜書的走道上，經常可以看見抱在一起的年輕伴侶，親密的翻閱著一本感恩節食譜大全。只有慢活日子裡自己動手做的喜悅，沒有壓力與焦慮，這大概是他們倆兒的第一個感恩節吧！

我經常來到鮑爾書店，翻閱當地慢活居民的生活故事，同時回味自己練習過慢生活的經歷。有幾年熱衷學習煮義大利菜，就在這裡先後買了三本義大利食譜。傳統義大利美食，教我如何在家烹調具有傳統口味的義大利菜。就這麼一本書，當然無法讓我煮的筆管麵，像他的義大利奶奶那樣的道地。於是，我又買了一本保證百分之百義大利鄉村口味的食譜。在廚房裡忙了好幾個月，還是無法與義大利奶奶的火侯，相提並論。但是，我們兩人吃得津津有味。然後，發現自己又胖了兩磅，於是把那兩本義大利食譜，賣回書店，換回一本標榜著低熱量的新浪潮義大利食譜。

在食譜區內，翻閱二手書，總是充滿著意外的驚喜。一滴蕃茄醬，不小心滴在一頁奶油海鮮麵食譜上，是誰用錯了醬汁？莫非不了解醬汁是義大利料理的靈魂？豈可兒戲。哦！原來是來不及翻到下一頁，用來煮波隆那肉醬的蕃茄醬，就這麼粗心大意的滴在奶油海鮮醬的領域裡。是因為新手下廚，既緊張又興奮，才手忙腳亂？還是三歲大的女兒，正巧在廚房裡打翻了一杯牛奶？

來到旅遊書區，一對銀髮夫妻在書架上，尋找遊輪旅遊的資訊。終於等到了退休的年齡，有驚無險的躲過了經濟不景氣的風暴，兩人肩並肩，各自戴著老花眼鏡，在書店裡忙得很起勁兒。年老後的他，還願意跟著我在書架前找書嗎？

回想年輕的我和他，就在這個相同的地點，討論著如何從英國的巨石陣，一路慢遊到尼斯水怪的景點。彼此質疑，慢旅行的腳步應該有多慢？兩人無法決定應該拜訪法國的夏特大教堂？或是，丹尼斯大教堂？已經忘了為什麼為了東京的一間青年旅館而爭議了起來。

記憶中的往事，就像是電影情節，無論是喜怒哀樂，回想起來，總是美。

我雖然很容易迷路，但是，卻十分喜歡看地圖。地圖，是我存放旅遊記憶的保險箱。在旅遊專區的地圖書架上，打開西雅圖市的地圖，一眼就看見派克市場，仔細再看，左岸書店就在市場旁。然後，我看見自己站在陝窄的書店裡，好奇地瀏覽著那些叛逆，激進，和草根性的另類文學。接著，在地圖上找到曾經位於拓荒者廣場上的艾利略海灣書店，但是現在已經搬到了市中心金融區東面的社區。

拿起舊金山市的地圖，先找到中國城，就可以找到城市之光書店。接著看見二十年前的自己，朝聖似地在書店裡喃喃自語；這就是出版艾倫金斯伯格的長詩「嚎叫」的書店！

京都市區地圖上的錦市場，是一條充滿香味的紫紅色長線。早已經忘了在市場內吃了些什麼，但是從市場鄰近的大書堂所買的一幅浮世繪美人圖，還掛在飯廳的牆上，散發著浮華世界的亮麗。

翻開伊斯坦堡市區地圖，有頂大市集只是一個小圓點，卻讓當年的我逛了一整天。這個小圓點裡，裝著我最愛的露天書攤，愛看自己看不懂的書，就像愛上自己無法了解的人，是一種宿命，是一種詛咒，是一種情感戰勝理智的人性弱點。

書店是練習過慢活日子的地方。

在書店裡可以看見從前的自己，與從前的自己建立情感，是自我省思的方式之一。尋找年少的我，就得到世界文學書區。偶爾，會看見一或兩位額頭上長著青春痘的少女，屏氣凝神的把珍奧斯汀所寫的「傲慢與偏見」，捧在手心上。或是，著了迷地盯著霍桑的「紅字」。我看見高中時期的自己，蹲在高雄莒光的一家書店的角落裡，驚訝的發現，原來，世界上最好看的畫像，其實不是「蒙娜莉莎」的畫像。而是，王爾德所寫的「格雷的畫像」。

暗自猜測福樓拜的「包法利夫人」，是否會為她的婚外情付出代價？

恍然大悟，自己的生活，很像住在喬治歐威爾所寫的「動物農莊」，眼睜睜的看著別人過著比我更平等的日子。

最後，想起了，來到書店，是為了買一本參考書。

一本參考書，就像一座大水壩，無情無理的阻擋了那顆波濤洶湧的年少的心。

趕快騎著單車回家，兩隻腳就像強納生的那對翅膀，企圖向完美的速度挑戰。我那顆年少的心，總是跟著那一隻名叫強納生的沙鷗，一起飛翔，一起在心裡吶喊著，向天堂飛去！

練習過了好多年的慢活生活，終於在一個一點兒也不起眼的日子裡，領會到；原來，慢活不是一個空間，也不是一段時間，它是一種理念。

然後想起了「大地一沙鷗」這本書。終於明白作者在書中傳達的哲理；天堂不是一個空間，也不是一段時間，它是一種境界！

鮑爾書店內的兒童書區，是書店裡最不像書店的一個區域。嬰兒牙牙學語聲，幼兒嬉笑聲，父母親的唸書聲，還有爺奶找老花眼鏡的焦急聲。唸書聲加上哭鬧聲，將陷入虛構情境的讀者們，一把拉回真實的人生。

兒童書區是為人父母練習慢活日子的場所。在這裡，父母親們學習如何緩慢生活步調，一個字一個字，慢慢地念給孩子聽。在這裡，父母親也練習著如何彼此交接任務，流輪唸書給孩子聽。你先去看你的書，然後，再輪到我，去看我要看的書。

許多波特蘭伴侶，在兒童書區內，練習著如何從戀愛的日子，步入婚姻的生活。戀愛的時侯，需要兩人雙眼對視，讓愛存在於目光的交集點。但是，婚姻生活，需要兩人四眼，平行的盯著共同的目標，以讓婚姻朝著相同的方向持續進行。婚姻生活，是一種團隊精神的生活。

經常，我從鮑爾書店的橙色區書櫃逛到紅色區，上個廁所，再從金黃色區逛到綠色區的書架，挑了本紐約時報暢銷書，然後，走進書店咖啡屋，坐了下來，翻著書看，還喝了杯咖啡。最後來到玫瑰區，看見他還在唸書給坐在小板凳上的女兒聽。

我從來沒有問過他，是否會跟著我走？

生命中，許多旅途，需要自己一個人，一步一步慢慢走。

生活中，許多日子，需要自己一個人，一天一天慢慢過。

只要他能在玫瑰區，花個兩或三個小時的時間，唸書給女兒聽，讓我暫時放下為人母的重責大任，自己一個人，單槍匹馬，隨性所欲，遨遊書海，我就心滿意足。

慢活旅行

帶著罐子去露營

慢旅行是由慢活文化的理念所演生的一項旅遊休閒觀念。慢旅行強調旅者與旅程之間的關係，旅者與當地生活的交流。慢旅行的特色是，旅行者扮演著居民的角色，過著當地的慢活日子。而不是當一名觀光客，過著參觀行程表上的生活。

慢旅行的理念非常吸引人。如果每位旅行者都有足夠的時間去體驗這樣的旅程，我相信旅者們都會愛上這種沉浸在當地居住文化的旅遊方式。可惜的是，不是每位計畫去旅行的人，都有足夠的時間，體驗慢旅行的真諦。我就是其中之一。

我與瑞克因為熱愛旅遊而墜入情網。倆人選擇在奧勒岡州的波特蘭定居，為的是可以過著慢活日子。過慢活日子的人也嚮往著慢旅行。但是一年只有三星期的年假，始終無法讓我們實現在瑞克曾祖父的家鄉，義大利的卡拉布里亞，住三個月的夢想。

因為沒有足夠的假期到國外實現慢旅行的心願，我們開始在所居住的奧勒岡州內，實踐我們的慢旅行。

美國作家亨利米勒說：「目的地不是一個地方，而是一種觀察事物的新方式。」我一直覺得這句話，用來形容慢旅行是最洽當合適的。去旅行，是為了學習，豐富人生的經驗，美化人生的旅程。去旅行，不必出國，在自己居住的國度裡，或是州郡裡，一樣可以體驗慢旅行的特色與情趣。

為了配合我們在波特蘭的慢活文化理念，我們選擇了到野地中露營，給自己三到五天的時間，全完沉浸在自然原野的環境，過著原始的當地生活，同時完全沒有任何參觀行程。

每年夏天，我和瑞克帶著一把鏟子去露營，去實現慢旅行。

每年夏天，只要看見卡拉蔓莎太太門前的玫瑰花，大朵大朵地迎風搖曳，就可以發現瑞克在公寓的地下室裡找睡袋。接著，計畫到胡德山區的野地露營。因為，那裡有山，有水，有樹，有花，幾乎什麼都有，就是沒有人。

我們先將簡便的露營設備放入車內，不到兩小時的車程，來到營區停車處。把車停好，揹起帳篷，睡袋，以及簡便的炊具和食品。順著山路步道，一路而去。我們經常在健行中，聊起各自的旅遊經驗。在尼泊爾山區健行，一直是瑞克最懷念的旅遊經驗。雖然露營用具把我壓得像隻縮著頭的烏龜，我還是堅強樂觀的分享著在瑞士阿爾卑斯山健行和泡湯的樂趣。

通常在兩個小時內的健行步程中，可以找到我們喜歡的地點，搭建我們的野地之家。曾經，有好幾年，經驗不足，在山裡走啊，繞啊，經過好幾個小時，還是沒找到理想的露營地點。後來，因為天快黑了，同時也累了，只好將就的在一處凹凸不平的碎石坡地上睡了好幾個夜晚，睡得頭暈腦脹。

選好地點，搭好帳篷，瑞克會拿著過濾器到溪邊取水，帶回營地，再用折疊式小火爐將溪水燒開，做為飲用水。接下來的漫漫時光，就在蟲鳴鳥叫聲中，悠然度過。

渴了，燒水泡茶喝。

餓了，燒水泡麥片粥吃。

看書看累了，就聊天。

聊天聊完了，就看書。

坐在道格拉斯冷杉下，聽著不遠處傳來的潺潺流水聲，還有站在周圍林梢上的鳥群，所表演的混音大合唱。如此天籟，我們忘了前幾天，為一瓶過期的牛奶而引發的爭吵。我也終於原諒他；沒經過我的同意，就把我的紅燒豆腐倒進做堆肥的回收箱裡。

我們興致意濃的討論著捷克作家米蘭昆德拉的創作哲學，拉丁美洲作家馬奎斯的文學風格，美國作家馬克吐溫諷刺詼諧的筆調，還有中國孔老思想的理念差異。這些和朝九晚五完全沒有直接關連的話題，曾經是我們彼此吸引的因素。

當了這麼久的夫妻，許多當年初相識的愛戀情感，逐漸流逝於柴鹽油米醬酢茶之間。在這宛如天上人間的情境裡，如此純靜的對談，總是提醒我，當年愛上他的原因。

可惜，好景不常在。忽然，肚子開始感到有點脹氣，一個或兩個臭屁，悶不吭聲地打攪了心海與山林的寧靜。

「廁所在哪裡？」

這個現實的問題，一下子打散了正在空中飛舞的浪漫情調。

「我帶你去。」

正當我們手牽手，向著沒有盡頭的林木奔去時，突然，他停了下來，溫柔的問著我，「大號還是小號？」

「大號！」我靦腆的回答，將手上的衛生紙抓得緊緊地。

一聽到我的答案，他快速轉頭向帳篷跑去。接著，手上握著一把綠色鏟子，英雄救美的再度向我奔來。

他牽起我的手，再次向著沒有盡頭的林木奔去。跑到我實在不能再跑了，他拿著鏟子，拼命的往野地上挖，挖啊挖，挖出了一個小坑。然後。汗流浹背的對我說，「好了，你可以上廁所了。」

他將小鏟子放在我的手心上，很仔細的交待我，上完廁所後，要如何把小坑埋好。

利用我在上廁所的時候，他會細心觀察周圍環境，以避免下次要上廁所時，挖到上次的「廁所」。

可能是因為大腸通暢，小腸也舒暢，即使在這種絲毫沒有浪漫繽紛的情調之下，在野地上完廁所後，總是再次提醒我，當年愛上他的原因。

在野地露營是慢旅行中的一種冥想。它可以癒合因為生活的衝突所造成的傷口。

自從女兒出生後，我們一直沒有膽量帶幼兒到野地露營。

女兒滿五歲後，我們終於決定再次揹起睡袋。不同的是，這次我們是帶著女兒去露營，而不是帶著鏟子。

由於以前的帳篷顯然裝不下我們一家三口，更不可能再擠進女兒的兩隻小熊。去買帳篷時，又順便買了有兩個爐口的瓦斯爐，可加速炊煮的速度。然後，又有朋友極力推荐充氣睡墊，因為睡上去，就像睡在真正的床上，小朋友不會半夜在野地中醒來亂吵，吵醒無辜的野生動物。這些舒適齊全的露營設備，讓我們明白，我們不可能扛著這些器材，牽著女兒的小手，在野林中走上兩個小時，尋找紮營的地點。這些舒適齊全的露營設備，完全改變了我們曾經擁有的露營方式，讓我們進入美式露營（Car Camping）的世界。

我們與朋友相約在胡德山腳下的胡德河鎮，然後再一起前往失落湖營區。抵達營區後，把車停好，走幾步就到了我們的營地。從我們的營地往北走個三分鐘，可以到達一間茅坑式的廁所，營區同時還提供付費的熱水澡設施。

不到二十分鐘，瑞克已經搭好帳篷，充氣睡墊的馬達聲在營區內，此起彼落的轟轟作響，每一戶營地都忙著為自家的露營睡墊充氣。

我們新買的兩個爐口的瓦斯爐，真好用。半個小時內，就煮好了義大利筆桿麵，外加蕃茄燉肉丸，和清蒸花椰菜。

孩子們坐在營火前邊取暖，邊吃麵。我們四個大人，坐在餐桌前，一邊用餐，一邊暢飲紅酒。

最後，我們在營地的火堆前，舉杯為美式露營的荒謬與舒適乾杯。

從那年起，我們每年都與朋友相約結伴去露營。奧勒岡州太平洋沿岸的州立海濱公園，成為我們最喜愛的露營區。雖然沒有帶著鏟子去露營，我們仍然身體力行慢旅行的特色。讓自己扮演著當地居民的角色，在當地過著慢活的日子。

露營期間，每天早晨我們與朋友，兩家六口，外帶一隻大狗，到海邊走沙灘，撿貝殼，放風箏，堆沙堡，同時告訴女兒，她的所有講中文的親戚，都住在太平洋的另一端。

從海灘一路走進沿海的小鎮。大人們一邊討論今日的菜單，一邊忙著買菜。孩子們也沒閒著，沒一會兒，就認識了好幾位當地小朋友，一群小女孩就在菜市場前嘰嘰喳喳聊了起來。

下午，我們與孩子們到營區裡的林木步道走路，認識奧勒岡有名的大樹和老樹。有的時候，孩子們只想騎單車到營區串門子。女兒特別喜歡到鄰近設有馬廄的營區，與帶馬來露營的別人家，聊天，做朋友，同時收集養馬情報，企圖說服我們，為她領養一匹馬。

到了晚上，兩家六口和一隻大狗，圍在營火前，彼此分享生活感想。

每年夏天去露營，到太平洋沿岸的露營區過慢活日子，成了女兒成長過程的家庭傳統。

一年夏天，從營區回家的途中，我們看見許多露營旅遊車（RV），因此藉機為女兒介紹各式各樣的露營方式。

接著，我們講起了當年帶著鏟子去露營的故事。

小孩子，對每一個故事總是有屬於自己的獨特見解。

「鏟子是什麼顏色？」這是她所唯一關心的問題。

「綠色。」瑞克回答。

「如果我們有一把粉紅色的鏟子，我就會跟你們一起帶著鏟子去露營。」

聽了女兒這麼一說，我和瑞克怯弱的四眼相望。老實說，睡在有充氣睡墊的帳篷裡，真的是很舒服，就像睡在家裡的床上。不會頭昏腦脹，也沒有筋骨酸痛。而且我們的年紀也大了，揹不動重物，走不了山路。再說，蕃茄燉肉丸真的是比熱水泡麥片粥好吃太多了，還有飯前酒和飯後甜點⋯⋯。由奢入簡難的人性脆弱，繞著我們的眼珠子猛打轉。

菜市場的異想奇境

PORTLAND
PORTLAND'S
CENTERS FOR THE ARTS
ARLENE SCHNITZER CONCERT HALL

菜市場，是體驗慢旅行的捷徑。

在菜市場裡，可以和當地人交談，吃當地的蔬果和雜糧，親身經驗當地的居家生活。這些菜市場所提供的特色，正是慢旅行追求的旅遊真諦。

生活在波特蘭的慢活日子裡，我經常以當地人的身分到菜市場，感驗慢旅行的樂趣。

從小，我就喜歡逛菜市場。

小學一年級，牽著媽媽的手，一起在澎湖馬公市場買菜，即使現在在夢中，仍舊可以聞到太平洋隔岸的小管魚香味。

三年級住台中，和媽媽牽手到水湳市場買菜，還沒開始買菜，就吵著要吃蔥油餅。

六年級住高雄，每天期待周日的到來，可以騎著腳踏車和媽媽到莒光市場買菜。我們總是先在賣衣服的攤子前，流連忘返。只要一聞到清蒸肉圓的味道，我就不耐煩的說著肚子餓。

國中的暑假，每天和二姑婆到位於旗津的自助餐店做生意。我們總是先到鼓山市場買菜，一大清早，不管什麼菜，個個鮮嫩肥美。然後，提著重重的菜籃，搭坐渡輪，前往旗津。下午回家前，順路到右昌菜市場，買晚餐需要的菜料。這時，二姑婆會買一枝烤黑輪，或是一碗關東煮，給我當點心吃。

記憶中，台灣的菜市場，曲折迴轉，九彎十拐，把買菜的人，擠在色香味俱全的迷魂陣裡繞圈子。

穿過竹竿上掛滿一件九十九元的繡花淑女上衣的攤子，往右邊走去，拐進第二條小巷子，還沒聞到肉粽子的竹葉香，就會先聽到賣豆腐的老闆，扯著嗓門吼著，五香豆干，一包十元。從粽子攤走進對面的巷子，可以看見有頭沒有腳的塑膠模特兒，穿著蕾絲胸罩，坐在一張折疊式的桌子上。賣香腸和大腸的攤子，就在有頭沒有腳的模特兒旁邊。香腸和大腸攤的對面是，青蔥油綠的蔬菜攤。往前再走兩步，轉進左手邊的巷子，迎面而來的是一個大豬頭，五臟六腑，攤在一把大菜刀旁。如果不小心，先走進右手邊的巷子，就會被蹲在那裡刮魚鱗的老闆，噴得一身魚腥味。

在母親的記憶裡，她的菜市場地圖和我的菜市場地圖，呈現完全不同的平面圖。左手拐彎的第二個攤子，賣的豆腐最新鮮。賣蛤蜊攤子斜對面的豬肉攤，價錢最公道。香菇麵線旁邊的蔬菜攤，老闆娘會康慨的塞給你兩束免費的青蔥。這些是母親多年來所累積的菜市場經驗。只有像母親這樣的煮婦，才能光宗耀祖的提著滿籃新鮮蔬果和魚肉，走出色香味俱全的迷魂陣。

美國奧勒岡州波特蘭的菜市場，又叫做農夫市場。這裡是我練習慢旅行，和在異鄉回憶童年往事的場所。波特蘭大都會地區，有超過三十個農夫市場，我最常去的市場就位於波特蘭州立大學的校區內。每周六，來自奧勒岡州的農牧業者，揹著一袋又一袋的蔬菜，扛著一箱又一箱的水果，還有一桶又一桶的鮮花，駐進校園內的草地上。讀書聲和買菜問價聲，此起彼落的迴盪在四周的樹群裡。

由於東西飲食文化迥異，家在波特蘭的菜市場，與記憶中的台灣菜市場，有著天壤之別的畫面。在波特蘭農夫市場的入口處，沒有買一送一的內褲。只有鮮艷明亮的玫瑰花，向日葵，香水百合和鬱金香。順著石板路走去，迎面而來的是，放在正方形小籃子裡的瑪莉安黑莓，藍莓和草莓。紫色，藍色和紅色，一眼望去，像是畫家的調色盤。莓果攤的對面，是果樹攤的天下，胡德山的蘋果，桃子和大黃梨，分別放在大竹籃裡，個個看來，肥碩多汁。鄰居華盛頓州的五角蘋果，和瑞尼爾紅櫻桃，也加入陣容，讓人難以抗拒。水果攤的旁邊是蔬菜區。細長高挑的英國黃瓜，站在短小壯碩的義大利黃瓜旁。藍紫色的包心菜和奶油白的高麗菜，肩並肩的依戀著。青椒，紅椒和黃椒，也不甘示弱的在角落裡，綻放亮麗奪目的光彩。

走出蔬菜攤，繞過幾個公園椅，可以看見兩個大木桶塞滿了法國長條麵包。英式下午茶所吃的糕餅酥塔，就擺在美國黑莓派和櫻桃派的旁邊。靠近一棵加拿大楓樹旁的是，義大利奶油捲餅，隔壁排放陳列著黎巴嫩的蜂蜜核果千層酥。農夫市場內的烘培區，一眼望去，像是聯合國的會議室。

繼續順著林木大道走去，可以看見在波特蘭當地製造的義大利臘肉攤，有長有短，有胖有廋，乾乾淨淨地被真空塑膠袋裹得緊緊的，優雅的躺在印有義大利地圖的桌巾上。臘肉攤對面是賣起司的。高大壯碩的老闆，長得像是打拳擊的。他喜歡把試吃的起司，切成小方塊，再一塊塊堆積木似的，堆成一座金字塔。女兒最喜歡拉著我的手，到這兒試吃。

除了努力販賣產品，波特蘭的菜市場業者，也十分用心的為自己的生意攤子，做整體造型設計。每位攤販對如何擺放產品，各有獨特的見解與堅持。一位農夫告訴我，他喜歡依菜園裡的種植平面圖，做為陳列商品的依據。紅色蕃茄，放在正中問，土黃色馬鈴薯，放在蕃茄的北面。東面是綠色的生菜，西面是花椰菜和高麗菜。青豆和豌豆的位置在蕃茄的南面。

也有的業者，把整體造型的重點，集中在自已的身上。一對賣糕餅甜點的老夫妻，把他們的攤位佈置得像蜜月套房。粉紅色的蕾絲繡花包，掛滿攤位四周，老闆娘的銀髮上，插著一朵鮮麗的玫瑰花。佈滿老人斑的雙手塗著粉紅色的指甲油，每個指甲上頭，還貼了一個心形的亮光圖案。

走過校園裡的一個小噴泉，轉向右手邊，可以看見一個賣巧克力的攤子。穿著深褐色長靴的女老闆，把呈現不規則狀的手工精製巧克力，藏在一個古色古香的深褐色木盒子裡。盒子上還放了一串粗重的鐵鍊，與女老闆脖子上戴著的一條重金屬合唱團員所戴的鐵環項鍊，相互搭配。

女兒來到農夫市場，就急著要去看下蛋的母雞的照片。出售雞蛋和起司的業者，經常展示農場裡母雞，乳牛和乳羊的生活照，向消費者保證，只有快樂的農場，才能出產美味的食品。

波特蘭當地的一份周報，曾經做了一項票選活動，選拔波特蘭最浪漫的約會景點。結果，農大市場，高票當選。成為整個城市，最浪漫的約會地點。

波特蘭菜市場的異想奇境，浪漫，溫馨，同時色香味俱全，讓約會的情侶，愈愛愈深。

台灣菜市場的異想奇境，也可以成為最浪漫的約會地點嗎？情侶牽手走過擠來擠去，充滿魚腥味，滴著豬血的菜市場，會產生愈愛愈深的情感嗎？他們會在掛著豬頭和牛尾的攤位前，情不自禁地親吻嗎？如果他們真的情不自禁的親吻，他們是否會被從後面擠上來買菜的歐巴桑推倒呢？

菜市場的異想奇境，充滿了無奇不有的可能性。

波特蘭的菜市場，雖然沒有一件一百五十元繡著蜻蜓的短袖杉，但是，有兩朵五美元的向日葵。

波特蘭的菜市場，雖然沒有生煎包和蔥油餅，但是，有德國烤香腸和墨西哥捲餅。

波特蘭的菜市場，雖然沒有國際旅遊景點的知名度，但是，充滿了慢旅行的精華特色。

波特蘭的菜市場，雖然牽不到母親的大手，但是，可以緊握著女兒的小手。

跟著鮭魚去旅行

和一群陌生人走在奧林匹克國家公園（Olympic National Park）的步道上，領隊的公園管理員和來自各地的旅客聊起了國家公園內，鮭魚回游產卵的路徑。

忽然，管理員問，「太平洋的鮭魚有哪五種？」

「煎，燻，烤，炸，和清蒸。」五或六名旅客大聲的說。和我們一起搖頭的其他旅客，跟著笑了起來。

國家公園管理員對著那些五或六名旅客說，「你們一定不是來自華盛頓州或奧勒岡州！」

管理員接著說，太平洋西北岸的居民或許不知道隔壁鄰居的名字，但是知道太平洋鮭魚的名字；王鮭（Chinook），紅鮭（Sockeye），銀鮭（Coho），粉紅鮭（Pink），白鮭或狗鮭（Chum）。

管理員誇張的說法，除了博君一笑，也透露出太平洋西北岸居民對鮭魚的認真情感。

接下來，幾位來自華盛頓州的遊客和我們這一群來自奧勒岡的居民，開始相互炫耀自家的王鮭，才是最味美的鮭魚。

王鮭（Chinook或King Salmon），是華盛頓和奧勒岡兩州的特產鮭魚。王鮭是太平洋中體型最大的鮭魚，所含的Omega-3不飽和脂肪酸也最豐富。王鮭是鮭魚中最饒勇善戰的武士，天生的戰鬥性讓它身上的每一塊魚肉，充滿了動感與活力。因此，它的魚質也最鮮嫩清香，價格也最昂貴。

王鮭在奧勒岡州不僅提供重要的經濟資源，同時也扮演著不可或缺的文化角色。記得在一個鮭魚祭中，聽著一位原住民長老提起，小時候，站在馬蹄形狀的威樂美瀑布前，看著巨大的王鮭，從逆游的河心裡，飛躍而出，一次比一次飛得高，屢敗屢試，絕不放棄，直到跳過雄偉的瀑布。原住民長老說，「王鮭是最固執頑強的鮭魚。」他的語氣充滿了對王鮭的敬意。也許是親耳聆聽的真實感，美國原住民長老的鮭魚故事，比在學校學的偉人看鮭魚逆游的故事，更讓我感動。

女兒四歲時，曾經對我說，鮭魚是最神奇的動物；因為，無論回家的路有多麼的困難，都無法阻擋鮭魚返鄉的毅力。而且，不論是煎，燻，烤，炸或清蒸，都令人口水直流。四歲的孩子，講得全是真心話。

女兒上學唸書後，我跟著她一起吸收學習各項有關鮭魚的知識。鮭魚在女兒所唸的環保小學裡，是天王巨星。唸幼稚園時，老師講著西北岸原住民和鮭魚的故事。唸一年級，在美術課裡製造許多鮭魚拓畫。二年級，開始拿著彩色筆在大大的海報紙上，畫出鮭魚的生命周期。三年級，帶著在教室裡養殖的鮭魚寶寶，來到威樂美河放生，向來是孩子們期待的戶外教學課程之一。

為了與鮭魚建立情感，我們規畫了一條漫長的鮭魚之旅，帶著女兒，跟著鮭魚去旅行，藉著這趟慢旅行，了解鮭魚的生命周期，學習鮭魚與我們當地人的生活關係。

跟著鮭魚去旅行，第一站是威樂美河。它是波特蘭王鮭生命之旅的起點，也是終點。威樂美河是哥倫比亞河主要的支流，波特蘭市區的威樂美河岸，被市政府規劃為湯姆麥寇河濱公園（Tom McCall Waterfront Park）。這座河濱公園，於二〇一二年被列為全美十大最具創意的公共綠地之一。威樂美河是波特蘭人的生活靈魂，也是波特蘭王鮭的生命搖籃。

出生於威樂美河的波特蘭王鮭，將在上游河域度過童年，幾個月後，順游到哥倫比亞河出海處，再游向太平洋。在太平洋繼續成長。兩年或四年後，這批波特蘭王鮭將在三月到七月之間，從太平洋一路逆游回到威樂美河，然後於九月和十月之間產卵，完成當一條固執頑強的王鮭的使命，安心祥和的退出生命舞台。

跟著鮭魚去旅行，我們來到了哥倫比亞河的出海口城市，阿斯托利亞（Astoria）。這個與華盛頓州隔河相望的城市，曾是阿諾史瓦辛格主演的電影「魔鬼孩子王」的拍攝地點。那些站在山坡上，望著哥倫比亞河的維多利亞式的住宅，為當地過往的繁華與興榮，留下美麗的見證。阿斯托利亞是鮭魚告別童年的地點，是鮭魚游向太平洋的最後一站。這裡也是成年的鮭魚自太平洋回游進入哥倫比亞河的起點。

跟著鮭魚去旅行，我們來到了威樂美瀑布，這裡曾是奧勒岡鮭魚回游的最大挑戰。每一條回家的鮭魚，得先跳過高達十二公尺的瀑布，才能繼續逆游在威樂美河裡，繼續回家的旅程。威樂美瀑布，位於奧勒岡市（Oregon City），一八四八年至一八五一年，奧勒岡市是奧勒岡領域（Oregon Territory）的首都，當時，奧勒岡尚未加入美國聯邦政府的版圖。威樂美瀑布也是原住民捕獲王鮭的最佳地點。原住民在瀑布上游，架起了跳水板似的木橋，幾位捕魚者拿著大網子，坐在木橋上，等著王鮭自河心跳起，直接跳進手中的大網子。

生命的旅程總是充滿難以猜測的意外。哥倫比亞河系，曾經一度是鮭魚產量最高的河域。但是，水壩的興建，改變了一切。興建水壩，可以拯救水患，可以供應電能，也可以消滅鮭魚族群。這些水壩工程，擾亂阻斷了四百英里的鮭魚回游河徑。摧毀了百分之七十鮭魚產卵的棲息地。鮭魚可以跳躍過威樂美瀑布，卻跳不過金鋼水泥所蓋成的摩天大水壩，許多從不放棄的王鮭，無辜地一頭撞死在水壩前。

鮭魚濱臨生存危機的消息，讓人心碎。

心碎的人，包括了動物保護群體和愛吃鮭魚的消費族群。

然後，因為愛鮭而不吃鮭的動物保護群體，與因為愛吃鮭才要保護鮭魚的消費大眾，終於攜手合作；請願，抗議和投票，逐漸實現了奧勒岡州王鮭再度回到哥倫比亞河和威樂美河的願望。

跟著鮭魚去旅行，來到Bonneville邦尼村大水壩。它位於華盛頓州和奧勒岡州交界的哥倫比亞河上。它是愛鮭者眼中的河裡大怪獸。也是人們試圖拯救鮭魚的研究實驗站。

拯救鮭魚的人，在大水壩興建了人工魚梯，鮭魚孵卵所，以贖罪的心情，試圖幫助鮭魚回游到出生地，完成產卵的終極使命。每年秋天，許多旅客來到鮭魚孵卵所，看著著名的逆游勇士來到生命的終點站。旅客也可以看見體型較小的銀鮭，一路伴隨著王鮭回游。

並不是每一條鮭魚，都可以順利的逆游到人們為它安排的魚梯和孵卵所。成千上萬的鮭魚，一群又一群，擠在水壩的魚梯前，等著逆流而上，等著縱身跳回出生地，那是一種燃燒體力與智慧挑戰的煎熬時刻。擠在水壩魚梯前的鮭魚群，一定累壞了。這些人工魚梯和孵卵所，一定很令它們困惑。就在這個心力交瘁的同時，它們也成了輕易到口的免費餐點，加州海獅，成群結隊來到水壩前，伺機大飽口福。天上飛著的鸕鶿也沒閒著，大口大口吞下一條一條每磅高達二十五美元的野生王鮭。鬥不過加州海獅的龐大體型，搶不過高高在上的鸕鶿，熱愛釣鮭的戶外休閒人士，握著釣桿，在漁船上對著大水壩，對著加州海獅和鸕鶿，咆哮了起來。

年益減少的回游鮭魚，終於惹火了整個州，整個城，和每個人。

一九九七年起，拆除水壩，拯救鮭魚的想法和行動，如火如荼的散播在太平洋西北岸。許多年久失利的水壩，終於從哥倫比亞河流域撤除。但是少數幾座仍然具有經濟價值和減少水患的大水壩，仍然站在那裡，像是大謎題，考驗著自以為聰明的人。

與加州海獅爭鮭的人，也想出了新法子：奧勒岡州通過了保護鮭魚的獵殺海獅條文。奧勒岡州每年可獵殺高達九十二頭加州海獅，以確保鮭魚回游數量。至於鸕鶿，原本是採取嚇阻驅趕方式，但是效果不彰，開始有人提案獵殺。

二〇〇七年至二〇一一年，四年來被獵殺的加州海獅一共有三十七隻。因為吃鮭魚而喪生的加州海獅，讓整個州，整個城，和每個人，想起了另一個問題；在哥倫比亞河裡獵食野生鮭魚的野生加州海獅，做錯了什麼事？犯了什麼罪？為何罪至於死？

於是，開始有人為加州海獅請命。海獅只吃掉哥倫比亞河裡百分之四點二的野生鮭魚。但是，人卻吃掉了近百分之十七的野生鮭魚。原來，人比加州海獅還愛吃，還可惡！接著，開始有愛鮭團體大力宣導「少吃鮭魚，不殺海獅」的做法。

跟著鮭魚去旅行，來到邦尼村大水壩，看見的全是問號。心裡的問號和腦袋裡的問號，相互激盪，渴求著答案。但是，生命的旅途中，問題總是比答案多。而且，有些問題就是找不到答案。

位於阿拉斯加唐卡士國家森林區（Tangass National Forest）內，有一處廣達一萬七千英里的鮭魚回游棲息地。在這裡，可以看見所有的五種太平洋鮭魚；王鮭，紅鮭，銀鮭，粉紅鮭和狗鮭，結伴逆游返回阿拉斯加，完成產卵的生命任務。

走在賞鮭的木橋步道上，看見的不是活力充沛的頑強鬥士，而是卸下傳宗接代的疲倦老兵，在淺淺的溪河裡游動著。走在阿拉斯加唐卡士國家森林區內的野地賞鮭步道上，很容易不小心的就看見，三或四條被吃掉了半個魚身的鮭魚，丟棄在溪流旁的淺灘上。這是逆游回鄉的鮭魚的另類終點站。阿拉斯加黑熊愛吃鮭魚。能怪黑熊嗎？這麼有營養又味美的食物，誰不愛呢？

在野地的賞鮭步道上，很容易不小心的就想起生命這回事兒。這些現在看起來如此平凡的魚兒，還記得在逆游回鄉的途中，與大水壩抗戰？與加州海獅爭鬥？與鸕鶿對抗？與坐在船裡的漁夫周旋反擊嗎？這些現在看起來十分簡單的魚兒，是如何完成複雜的生命任務呢？

跟著鮭魚去旅行，讓我更愛熱愛生命；不只是自己的生命，還有萬物的生命。

小城裡的頂篷橋

波特蘭的慢活居民，向來喜愛到鄰近的城鄉小鎮旅遊。在自己的土地上，實踐慢旅行的休閒理念。經常聽朋友們提起，到這個小城騎自行車或健行，到那個小鎮品酒，野餐，和蹓狗。這些默默無名的小城小鎮，久而久之，竟然成為我心目中的著名景點。

波特蘭人的小鎮情懷，來自於拯救美國小鎮的英勇精神，以及支持慢活和慢遊的文化運動。

美國小鎮逐年消失的原因有許多，缺乏就業機會和人口外流是主要的問題。連鎖商店佔領城鎮，導致具有當地特色的餐飲和商品經營者，被迫關門倒店，是另一個致命危機。沒有觀光特色的小城鎮，提升了美國小鎮的死亡率。

波特蘭人對發生於一九八六年，抗議美國麥當勞速食店在義大利羅馬市的西班牙廣場上營業的事件，表達了強烈的支持，紛紛在自己所居住的社區裡，宣導推廣慢活和慢食的生活文化。二十多年前，曾經存在於我家社區的最後一家麥當勞，也因為這股熱愛慢活哲學的理念，而結束營業。

這就是美國人可愛的性格，相信自己可以改變世界。如果改變不了世界，就改變所居住的社區。

在支持慢游小城的理念之下，我認識了一個名叫賽歐（Scio）的小城。它位於波特蘭市南方約一個多小時車程的距離。整個小城約有八百四十位居民。

賽歐小城雖然是個弱勢的小鄉鎮，卻有著聲勢顯赫的抬頭。它自稱為美國西部頂篷橋的首都。一座只有八百多位居民的小城，擁有了五座近百齡的傳統式頂篷橋。

原來，奧勒岡州保存了許多頂篷橋。多到可以自以為豪。

奧勒岡州西半部，鄰近太平洋海岸，氣侯多雨，地形多溪流，生長環境多樹，順其自然的成為頂篷橋的大本營。

奧勒岡州傳統式頂篷橋的建築年代，最早可溯及到一八五〇年代。當地頂篷橋的建築興盛期為一九〇五至一九二五年之間，估計全州曾經擁有多達六百多座頂篷橋。可惜，許多橋樑因為年久失修，逐年消失在地圖上。根據奧勒岡州頂篷橋協會的資料，到了一九七七年只剩下五十六座傳統式頂篷橋。這些存活的歷史建築物，在充滿高科技傑作的現代生活裡，成為一頁褪色的詩篇。但是，它那濃郁的歷史芳香，散發著歷久彌新的人類智慧與手工技藝，始終是當地鄉鎮的秘密寶藏。

年輕時在台北看過由美國影星梅莉史翠普和克林伊斯伍所主演的電影「麥迪遜橋（The Bridges of Madison County）」。當時並不懂什麼是中年女人的空巢期，也無法明白愛得夠久的婚姻生活，所產生的後遺症，竟然是四天的情人，勝過半輩子的老伴。但是，當時的我，對電影裡所描繪的中年婦女的寂寞芳心，有著深刻的影像，空巢期的女人，就像電影中的那座紅色頂篷橋，被遺忘在時間的角落裡，以等待果陀的精神，孤芳自賞著曾經有過的美麗。

頂篷橋，不再只是一項交通建築物。在我的心中，它昇華為情感的代言物。現實生活中，頂篷橋的誕生，來自於務實務用的功能。一般以木材架構而成的橋樑，使用年限約為十年，但是具有遮陽擋雨功能的頂篷橋，卻可享有長達八十年的歲數，完全歸功於橋上的屋簷。這樣實用的建築要素，出乎意料的為平淡無奇的木橋，增加許多不可言喻的迷人魅力，讓人只要一想起頂篷橋的造型，就感到許多溫柔，浪漫和美麗。

利用春天裡的一個周末，我們計畫了一趟頂篷橋慢遊之旅。瑞克雙手握著駕駛盤，我的雙手捏著一張折了又折的大地圖。車子駛過賽歐小城，一個依靠在公路旁的小城鎮，竟然只看見一個人，在一點兒也不大的大街上，牽著兩隻狗閒晃。讓人懷疑鎮上的八百多人，都到哪兒去了？還在睡覺嗎？但是，已經快要中午了，整個鎮上好靜，靜得看不出街上兩側的商店，是否開放營業？有幾間房子，更是神秘到一點兒也看不出來是住家或是商店？如果是商店，到底賣的是什麼商品呢？咖啡店？古董店？也有可能是玩具店？或是書店？

莫非看不出所以然來的神秘，正是小鎮吸引人的特色？

莫非這就是小鎮的障眼法，讓外地人摸不著頭緒。

整個小城看起來，真的很像刻板印象中的空巢期女人，孤單寂寞，單調無聊。

不到幾分鐘，我們離開了小城的市中心。

白色的霍夫曼橋，忽然出現在一個很不起眼的角落上，突如其來的驚訝，讓我來不及反應。先前準備的那種第一眼的喜悅與夢想成真的興奮，一下子散落在急轉彎之後的緊急剎車。

我們將車子停好，心急腳慢的向它邁進。我的眼，專心的看著那長有九十英呎的橋身，婀娜的橫跨在蟹樹溪（Crabtree Creek）上空。接著盯著它的橋頂看，上頭寫著它的名字，Hoffman Bridge。接著註明建於一九三六年，最底下一行寫著蟹樹溪的名字。

當我走進橋裡，隱約聽見潺潺流水聲，雖然我試著用最慢的腳步，走在橋裡，但是還是很快的就走完全程，轉身回頭，再走回去。橋上的交通十分忙碌，不時有車輛從我身旁行駛而過。腳下的蟹樹溪流水聲，從橋兩旁的開放窗口，不斷湧入我的耳裡。

生平第一次走在頂篷橋內，是一種錯綜複雜的心情，是一種心情美麗，但是有著鼻子過敏的憂鬱。木頭建材的頂篷橋，聞起來像是走在摻雜著動物腥味與塵埃的馬廄裡。

莫非這就是歷史的香味？

橋內十分灰暗，唯一的光線來自於從頂篷橋窗口灑進的亮光。從窗口灑進的春光，讓我看見橋內的木樑交叉紮實的結構，也讓我明白，頂篷橋上的窗戶，原來不只是為賞景而設計的，也具有提供光線，與通風設備的功能。但是，建造者並沒有因此而偷懶，隨隨便便挖個洞當窗口，霍夫曼頂篷橋上有著聞名的歌德式窗口（Gothic-Style），看起來讓人連想起教堂裡的大窗戶。如此實用耐用又美觀的建築，讓我對前人的智慧與工藝，敬佩不已。

我們繼續照著頂蓬橋參觀地圖行駛，不到十分鐘，來到了白色的袞奇橋（Gilkey Covered Bridge）。我們在橋上走了兩趟，一輛車從我們身邊減速停了下來，然後車內的人，搖下車窗，對我們唸起了詩句：「這橋雖然老，仍然有用。這橋雖然短，但是要跨過湯馬士溪，還真得靠它不可。」我們只來得及以微笑回應，卻來不及開口話寒喧，只見車影隨著引擎聲，逐漸消逝。袞奇橋，建於一九三九年，橫跨湯馬士溪（Thomas Creek），直到今日，仍然是當地重要的交通橋樑。

紅色的席馬內頂篷橋（Shimanek Covered Bridge），為我喚起電影「麥迪遜橋」的影像。它是賽歐小城內最年輕的頂篷橋，建於一九六六年，這座建於第二次世界大戰之後的頂篷橋。因為位於交通繁忙的公路上，並不適合步行參觀。

不到十分鐘後，我們終於找到一塊停車的空地，把車停好後，向白色的漢那橋（Hannah Covered Bridge）走去。橋上窗外的溪流景致，融合了多層次的光影組合，美得像一幅印象派畫作。

從潺潺溪流聲中，隱約聽見孩童的嬉戲笑聲，莫非是當地人？

住在賽歐小城的八百多位當地人的其中之一或二？

接著，我們聞到了烤肉的香味。

三戶賽歐小城人家，在漢那橋下，湯馬士溪流旁烤肉。一群孩子在溪邊玩著你追我躲的遊戲。野餐桌上擺著一個大蛋糕，還有好多餅乾和零食。烤肉的男子向我們揮手打招呼。置身於孩子的生日派對的吵鬧聲中，漢那橋看起來一點兒也不孤單，一點兒也不寂寞，一點兒也不像電影「麥迪遜橋」中，那位陷入在空巢期泥淖裡的中年婦女。

眼前的漢那橋，雖然建於一九三六年，但是，看起來好年輕，好快樂，好有活力！

「村子裡的人喜歡在頂篷橋下開派對和聚餐。」烤肉的男子對我們說，臉上洋溢著驕傲的笑容。

「前幾天我們才帶孩子們到波特蘭玩。」在頂篷橋下烤肉的男子與我們聊了起來。他的太太和鄰居們在餐桌旁忙著將熱狗和薯片分配在小小的餐盤上，同時不停地的抬頭對著我們微笑。

原來，城鄉小鎮的居民，喜歡到城市裡逛百貨公司。城市裡的人，喜歡到這兒看頂篷橋。

與漢那橋長得很相似的拉悟頂篷橋（Larwood Covered Bridge）是我們的最後一個景點。當我們抵達時，頂篷橋的四周已經十分熱鬧了。當地居民，三五成群，在頂篷橋下的蟹樹溪旁聊天，蹓狗，牽著孩子的手慢慢走。頂篷橋內，不時出現自行車隊，乘風而來，呼嘯而去。走在橋上，可以聽見橋下的溪流聲，載著人們的談話笑聲，匆匆流過。賽歐小城的頂篷橋，再度呈現溫馨的畫面。

這時的賽歐小城，看起來一點兒也不像刻板印象中垂死的美國小鎮。

賽歐小城的頂篷橋，一點兒也不像我想像中的孤單寂寞。

奧勒岡州的小鎮，沒有哥德教堂，沒有巴洛克城堡，也沒有鋪滿鵝卵石的廣場。春日的午後，在奧勒岡州的小鎮裡，人們隨心所欲的過著日子，對著走在頂篷橋上的城市遊客，唸詩句。在頂篷橋下，為孩子舉行生日派對。或是，散步聊天。

原本我想像著小城裡的頂篷橋，是孤單寂寞的空巢期女人，就像刻板印象中的描述。

刻板印象是錯誤的。

火山口湖國家公園

「第一次旅遊火山口湖國家公園（Crater Lake National Park）嗎？」坐在我身旁的一位銀髮奶奶輕聲問我。

我點頭微笑，手上握著一杯溫暖的熱可可。

我們坐在火山口湖飯店內的一張面對落地窗的長沙發上。窗外正飄著濛濛細雨，銀線般的雨絲，不緩不慢的從空中飄浮而下，不急不徐的隱身潛入火山口湖裡。濃厚的霧氣，籠罩在火山口湖，模糊了湖畔四周緊緊依傍的山崖絕壁。

窗外的景觀，讓我想起了國畫大師張大千的潑墨畫，忽隱忽現的線條，在一片朦朧之中，勾構出意會勝於實象的主題。

窗外的景觀，讓我想起夢境裡的背景。夢中景象的線條與色彩，只能用心看。無論雙眼睜得有多人，再怎麼觀察，都只是一片糊模。但是，如果以心代眼，用心看，所有的景象，慢慢的從一片糊模中，走了出來，顯現出清楚明析的輪廓。

真實世界裡，許多人，事，物，就像夢境一般，只能以心代眼，用心看。

「上一次來到火山口湖國家公園，我女兒只有十二歲。現在我女兒的孩子都要唸高中了。」坐在我身旁的銀髮奶奶繼續說著。

我轉頭對她微笑。

然後，我問了她一個愚蠢的問題。

「那時侯的火山口湖，看起來和現在的一樣嗎？」

銀髮奶奶大笑了起來，「一樣的，因為是同一座湖。」她還繼續笑說。然後，她想到了什麼似的，忽然停住了笑聲。連忙改口說，

「不，不一樣。那時侯的火山口湖看起來和現在的有點不一樣。」她好像跑在一條可以回到從前的捷徑上，當年的景象，剎那間，在她的眼前活了起來。

她開始對我描述；當年的火山口湖的顏色，是如何的湛藍透徹。當年湖畔四周的山崖絕壁，是如何的綠意盎然。當時的天氣是如何的晴朗明亮。

說著說著，她又停了一下。有點兒感慨，有點兒自言自語的說，「那個時侯，我才三十多歲，沒有近視，也沒有老花眼。不像現在，遠的，看不見。近的，看不清。」

換我大笑了起來。然後，我又問了另一個愚蠢的問題。

「你有看見火山嗎？」我納悶的問。

既然名為火山口湖，為什麼只看見湖，沒看見火山。

她沒有笑我。因為，她和我一樣，也找不到火山。

不一會兒，火山口湖飯店內熱鬧了起來。遊客們紛紛前來聆聽國家公園解說員的講解活動。

面對窗外火山口湖景色的長沙發，是飯店裡的寶座，坐了下來，面對美景，就會捨不得離開。因為不想失去我們的座位，我和銀髮奶奶，坐得穩穩地，跟著群眾聽起了講解。

一八五三年，火山口湖首次被歐洲白人發現。這座高山湖泊以它那深沉湛藍的顏色很快的聞名全美國。許多美國人不知道奧勒岡州到底位於何處？但是大部分的美國人都知道奧勒岡州南部有一座藍得無法形容的高山湖泊。

早在歐洲白人發現之前，這一座隱身於高山上的湛藍湖泊，一直是當地印地安原住民的聖地。

一位名叫威廉史提勒（William Steel）的十七歲少年，有一天從包裹著午餐的報紙上，看到了奧勒岡州火山口湖的報導，對這座湛藍色的湖泊，一見鍾情。十五年後，威廉離開位於俄亥俄州的家鄉，來到奧勒岡州，與火山口湖面對面。威廉與火山口湖的故事，從此開始。

威廉發表了一篇文章，描述第一次看見火山口湖的心情與觀感。接著，他成了當地導遊，引導旅客前往參觀火山口湖。同時，舉行演講，為旅客介紹火山口湖的地理環境，動物和植物的生長狀況。敬業又專業的威廉，成了火山口湖的唯一知名旅遊達人，就連政商界著名人士，也紛紛慕名而來。

火山口湖在威廉的推廣炒作之下，成了當時的美國旅遊熱點，也成了當地原住民的惡夢成真。

愈多人旅遊火山口湖，對當地自然環境的破壞也愈來愈嚴重。同時，有錢有勢的人，開始妄想在附近買地建豪宅。許多既黑暗又恐怖的事，緊緊尾隨於知名度，等待肆機侵襲。

雖然，當時威廉一點兒也不尊重當地原住民文化，更不把火山口湖供奉成聖地，但是，他對火山口湖的愛，並沒有因利益而熏心。他沒有出賣火山口湖，也沒有背叛火山口湖。他與火山口湖的故事，進入了一個重要的轉捩點。

一八七二年，美國黃石國家公園成為世界上第一座國家公園。

保護自然景觀的國家公園政策，讓威廉相信，如果他想永久的保護這座又深又藍的高山湖泊，唯一的方式是，將火山口湖成立為國家公園。

一八八五年起，他開始推廣運作成立火山口湖國家公園的理念。同時，絞盡腦汁地尋找最能代表火山口湖的珍貴特徵。一八八六年，火山口湖，進行了第一次的科學探勘，這個勘查揭開了火山口湖到底有多深的謎底。

當年火山口湖深有一九九六英呎，比今日的台北１０１和紐約世界貿易中心一號大樓，高了些。但是，比上海中心大樓矮了點兒。

它是美國最深的湖泊。

憑著這個寶貴的頭銜，一九〇二年，火山口湖國家公園正式成立。它是奧勒岡州唯一的一座國家公園。

我聽得好有成就感，覺得自己對這座初次見面的火山口湖非常熟習，好像有著一份老情誼。當初計畫旅遊火山口湖國家公園，只是衝著奧勒岡州唯一的國家公園的盛名而來，對火山口湖並沒有太多的認識。結果，因為貪戀美景，意外地上了一堂課，學習到火山口湖的歷史，文化和傳說。真是個意外的收穫。

接著，我終於聽見有人問起了「火山」一事。

許多有關火山口湖地區的地埋，歷史和文化的研究調查，隨著火山口湖國家公園的成立，逐漸展開。第一個令人好奇的問題是，這麼深的一座高山湖，是如何形成的？最早的理論始終是，隕石擊落時所形成的。但是，當地的印地安原住民卻有著完全不同的說法。

根據印地安居住民的傳說，七千多年前，現在的湖泊所在地，其實是一座高山。

那個時候的美國，種族歧視觀念，十分普遍，沒有人把印地安原住民的傳說當成一回事兒。

終於，愈來愈多的地質調查證明，印地安人的傳說竟然是真的。

火山口湖的所在地，的確是座高山，而且還是座很凶猛的火山。一天，火山爆發了，不僅整座山給爆碎了，還在地上爆出了一個大坑口，日積月累的雨水，掉落在這個大坑口裡，最後形成了眼前的火山口湖。

國家公園解說員的演講，為我揭開了心中的迷惑。

「難怪我們找不到火山，七千多年前就爆發掉了！」銀髮奶奶對我說。

火山口湖繼續創造自然奇蹟。它那湛藍的湖泊色彩，藍得令人難忘，很快的為它贏來了「大藍（Big Blue）」的美譽。原來，從天上掉下來的雨水，被困在這座緊緊封閉的大坑口裡，一點兒也沒有受到外界的污染，因此保存了世界上最純最真的藍色。

當解說員剛結束講解，接著，有幾位多次重遊的旅客們，急著分享心得與感想。一位自稱火山口湖國家公園之友的中年男性遊客，對大夥兒說，湖泊的藍色色調，會隨著日光的影響而改變，日出的光線對「大藍」的影響力最大，色彩變化也最神奇。他的一番話，讓我覺得很好奇。

隔日清晨，我和瑞克很早就來到飯店大廳，期待能觀賞到火山口湖的日出景觀，也希望能夠欣賞到「大藍」的色彩變化。才五點鐘，等待日出的旅客，三五成群，端著咖啡或奶茶，走過來，走過去，不時停下腳步與其他旅客聊天。那張面對火山口湖的沙發椅也已經被佔據了。等了快一小時，窗外的景致仍舊灰暗迷濛，六月的雨，輕柔細緩地從火山口湖上空飄落。層層烏雲，籠罩著湖泊，應該是大藍的湖水，看來只是一片大黑。但是，很奇怪，等待日出的旅客們，竟然一點兒也不急躁，不生氣，甚至不失望。

一位同樣來自波特蘭的退休護士對我說，當地人都得等個十幾天才能欣賞到火山口湖的日出景觀，我們只等一天，怎麼可能看得到！

六點過後，雨停了，但是雲層太厚，看不見朝陽。我和瑞克因此決定去健行。向著湖口環山步道邁去，走在山道上，我們朝向一無所知的前方邁進，沿路的野花和老樹，不時以最佳美姿，贏得我們的驚喜。面對無知的終點，總是讓我有點緊張，但是只要一想起小說「蚊子海岸（Mosquito Coast）」的作者，保羅塞洛克斯（Paul Theroux）的一句幽默名言，我的心情就放鬆些。

塞洛克斯說：觀光客不記得他們曾經到過哪些地方，旅行者不知道他們將前往何處。

慢旅行的特色不僅在於不必趕著前往目的地，同時，目的地是可以隨時改變的。另外，目的地也不局限於必須是個地點，它可以是一種情境，一種精神上的收穫，一種心滿意足的感覺。

我們在火山口湖國家公園住了五天，每天清晨，都沒有看見瑰麗的日出景觀。每天清晨，都欣賞到成群結隊的灰雲，展現不同的灰度。每天都去走湖口旁的山道，每次健行都會在山道上發現不同的野花，與不同的遊客擦肩而過，轉頭觀看隨時都在變化顏色的「大藍」。

每天不變的山道行程，帶給我們千變萬化的收穫，在一次下山回程的途中，看見「大藍」深邃的藍色湖水，隨著我的腳程，轉換光澤與色調，一時之間，讓我不知道該如何形容這樣的藍色，因為我從來沒見過那樣的藍色，如此深邃，像是藏了許多秘密。還有，一天在步道上，從兩塊大岩石旁的縫細望去，看見火山口湖湛藍的色澤，突然轉化成碧綠色，像極了母親手上的玉鐲子。另一天，在山道上走得好遠，竟然登上了一座積滿白雪的小山峰。

揮手道別時，我和瑞克對著火山口湖，不約而同的說：再見，大藍！

是的，火山口湖不再只是美國最深的高山湖泊，它是我和瑞克的大藍！

慢旅行中的景點，不再只是旅遊地圖上的地點，而是旅人心中的一份情感。

釀旅人18　PE0094

不一樣的美國生活
——波特蘭的慢活日子

作　　者　李逸萍
責任編輯　李書豪、林千惠
圖文排版　周政緯
攝　　影　李逸萍
封面設計　蔡瑋筠

出版策劃　釀出版
製作發行　秀威資訊科技股份有限公司
114 台北市內湖區瑞光路76巷65號1樓
電話：+886-2-2796-3638　傳真：+886-2-2796-1377
服務信箱：service@showwe.com.tw
http://www.showwe.com.tw
郵政劃撥　19563868　戶名：秀威資訊科技股份有限公司
展售門市　國家書店【松江門市】
104 台北市中山區松江路209號1樓
電話：+886-2-2518-0207　傳真：+886-2-2518-0778
網路訂購　秀威網路書店：http://www.bodbooks.com.tw
國家網路書店：http://www.govbooks.com.tw
法律顧問　毛國樑　律師
總 經 銷　聯合發行股份有限公司
231新北市新店區寶橋路235巷6弄6號4F
電話：+886-2-2917-8022　傳真：+886-2-2915-6275

出版日期　2016年2月　BOD一版
定　　價　430元

Printed in Taiwan

國家圖書館出版品預行編目

不一樣的美國生活：波特蘭的慢活日子 / 李逸萍著. -- 一版. -- 臺北市：釀出版, 2016.02

面；　公分

BOD版

ISBN 978-986-445-084-8(平裝)

855　　104028421

讀者回函卡

感謝您購買本書，為提升服務品質，請填妥以下資料，將讀者回函卡直接寄回或傳真本公司，收到您的寶貴意見後，我們會收藏記錄及檢討，謝謝！

如您需要了解本公司最新出版書目、購書優惠或企劃活動，歡迎您上網查詢或下載相關資料：http:// www.showwe.com.tw

您購買的書名：________________________________

出生日期：________年________月________日

學歷：□高中（含）以下　□大專　□研究所（含）以上

職業：□製造業　□金融業　□資訊業　□軍警　□傳播業　□自由業

□服務業　□公務員　□教職　□學生　□家管　□其它____

購書地點：□網路書店　□實體書店　□書展　□郵購　□贈閱　□其他

您從何得知本書的消息？

□網路書店　□實體書店　□網路搜尋　□電子報　□書訊　□雜誌

□傳播媒體　□親友推薦　□網站推薦　□部落格　□其他________

您對本書的評價：（請填代號　1.非常滿意　2.滿意　3.尚可　4.再改進）

封面設計____　版面編排____　內容____　文／譯筆____　價格____

讀完書後您覺得：

□很有收穫　□有收穫　□收穫不多　□沒收穫

對我們的建議：________________________________

____

____

____

請貼
郵票

11466
台北市內湖區瑞光路 76 巷 65 號 1 樓
秀威資訊科技股份有限公司 收
BOD 數位出版事業部

....

（請沿線對折寄回，謝謝！）

姓　　名：____________________ 年齡：________ 性別：□女　□男

郵遞區號：□□□□□

地　　址：____

聯絡電話：(日) ____________________ (夜) ____________________

E-mail：____